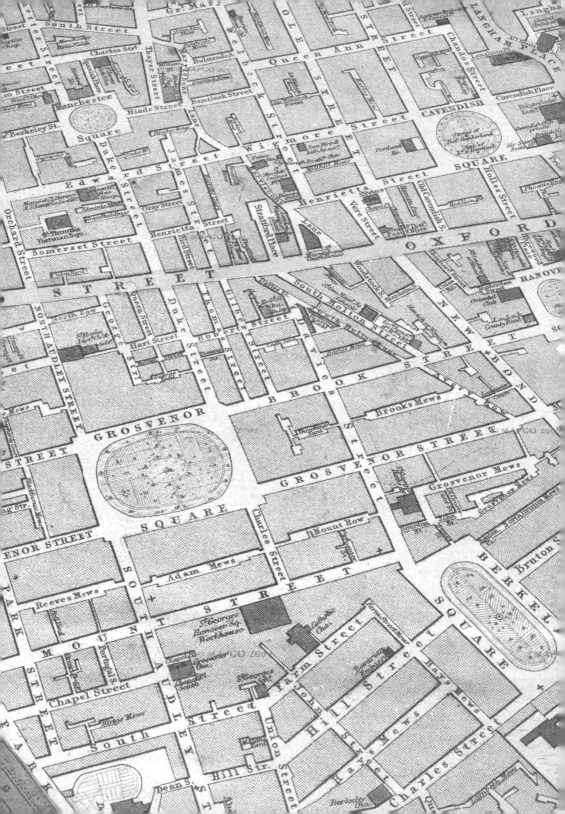

EL PERRO DE LOS BASKERVILLE

ALMA CLÁSICOS ILUSTRADOS

Debo la creación de este relato a mi amigo el señor Fletcher Robinson, que me ayudó tanto en la traza del argumento general como en los detalles locales.

A. C. D.

Sir Arthur Conan Doyle

Ilustraciones de
Fernando Vicente

Edición revisada y actualizada

Título original: *The Hound of the Baskervilles*

© de esta edición:
Editorial Alma
Anders Producciones S.L., 2018
www.editorialalma.com

📷 @almaeditorial
◼ @Almaeditorial

© Traducción: Alejandro Pareja Rodríguez
Traducción cedida por Editorial EDAF, S. L. U.

© Ilustraciones: Fernando Vicente

Diseño de la colección: lookatcia.com
Diseño de cubierta: lookatcia.com
Maquetación y revisión: LocTeam

ISBN: 978-84-15618-77-5
Depósito legal: B131-2018

Impreso en España
Printed in Spain

Este libro contiene papel de color natural de alta calidad que no amarillea (deterioro por oxidación) con el paso del tiempo y proviene de bosques gestionados de manera sostenible.

ÍNDICE

CAPÍTULO I

EL SEÑOR SHERLOCK HOLMES

El señor Sherlock Holmes, que solía levantarse a última hora de la mañana, salvo en las ocasiones nada infrecuentes en que se pasaba toda la noche en pie, estaba sentado ante la mesa del desayuno. Yo, de pie ante la chimenea, tomé en las manos el bastón que se había dejado olvidado un visitante la noche anterior. Era un hermoso bastón grueso, con la cabeza en forma de pera, de la clase que llaman «abogado de Penang». Por debajo de la cabeza tenía una banda de plata de casi dos dedos de ancho. En ella aparecía grabada la inscripción: «Para James Mortimer, M. R. C. S., de sus amigos del H. C. C.», además de la fecha, 1884. Era un bastón de los que solían llevar los médicos de familia a la antigua: solemne, sólido y tranquilizador.

—Y bien, Watson, ¿qué saca usted en limpio de él?

Holmes estaba sentado de espaldas a mí, y yo no le había dado ningún indicio de mi actividad.

—¿Cómo ha adivinado usted lo que estaba haciendo? Es como si tuviera ojos en la nuca.

—Al menos, tengo delante una cafetera plateada y bien bruñida —dijo él—. Pero dígame, Watson, ¿qué saca usted en limpio del bastón de nuestro visitante? En vista de que hemos tenido la desventura de no coincidir con él y no tenemos idea del objeto de su visita, este recuerdo suyo accidental adquiere su importancia. Vamos a ver cómo reconstruye usted al hombre examinando el bastón.

—Me parece —dije, aplicando en la medida de lo posible los métodos de mi compañero— que el doctor Mortimer es un médico con éxito en su profesión, de edad avanzada y estimado por los demás, dado que sus conocidos le hicieron este obsequio en muestra de aprecio.

—¡Bien! —dijo Holmes—. ¡Excelente!

—Me parece también probable que se trate de un médico rural que hace buena parte de sus visitas a pie.

—¿Por qué?

—Porque este bastón, que era magnífico cuando estaba nuevo, ha recibido tantos golpes que a duras penas me lo puedo imaginar en manos de un médico de ciudad. La gruesa contera de hierro está desgastada, de modo que resulta evidente que ha caminado mucho con él.

—¡Perfectamente bien fundado! —dijo Holmes.

—Y además, está lo de «amigos del H. C. C.». Yo diría que se trata del Club de Cazadores de alguna parte, algún club local a cuyos miembros ha prestado quizá sus servicios como médico y que le han hecho un pequeño regalo a cambio.

—Verdaderamente, Watson, se está usted superando a sí mismo —repuso Holmes, quien echó su silla hacia atrás y encendió un cigarrillo—. Debo decir que, en todas las crónicas que ha tenido usted la bondad de hacer de mis pequeños logros, ha tendido a infravalorar sus propias dotes. Puede que no sea usted brillante por sí mismo, pero transmite la luz. Hay personas que, aun sin estar dotadas de genio, poseen una capacidad notable para estimular el genio en los demás. Debo confesar que estoy en deuda con usted, mi querido amigo.

Holmes no me había dicho nunca tanto, y he de reconocer que sus palabras me produjeron vivo placer, pues en muchas ocasiones me había molestado la indiferencia con que recibía mi admiración y mis intentos de dar a conocer sus métodos al público. También me sentí orgulloso de pensar que por fin dominaba su sistema hasta el punto de saber aplicarlo de un modo que merecía su aprobación. Tomó entonces el bastón de mis manos y se pasó unos minutos examinándolo a simple vista. Luego dejó el cigarrillo con gesto de interés, llevó el bastón a la ventana y lo estudió de nuevo con una lupa.

—Interesante, aunque elemental —dijo, mientras se dirigía otra vez a su rincón favorito del diván—. El bastón contiene un par de indicaciones, desde luego. Nos sirve de base para realizar varias deducciones.

—¿Se me ha pasado algo por alto? —pregunté, dándome algo de importancia—. Espero que no se me haya escapado nada sustancial.

—Mi querido Watson, me temo que la mayor parte de sus conclusiones han sido erróneas. Cuando he dicho que usted me estimulaba, lo que quería decir, para serle sincero, era que la observación de sus falacias me conduce a veces hacia la verdad. Aunque, en este caso, no se ha equivocado del todo. El hombre es un médico rural, ciertamente. Y camina mucho.

—Entonces, yo tenía razón.

—Hasta ese punto.

—Pero eso es todo.

—No, no, mi querido Watson: no es todo, ni mucho menos. Yo propondría, por ejemplo, que es mucho más probable que un médico reciba un obsequio de un hospital que de un club de cazadores, y que cuando aparecen las iniciales «C.C.» después de la «H» de Hospital, nos viene a la cabeza de manera natural el nombre de Charing Cross.

—Es posible que tenga razón.

—Más que posible, probable. Y si lo tomamos como hipótesis de partida, podremos empezar a interpretar a este visitante desconocido sobre una base nueva.

—Pues bien, suponiendo que «H.C.C.» signifique, en efecto, «Hospital de Charing Cross», ¿qué deducciones ulteriores podremos extraer de ello?

—¿No le viene ninguna a la cabeza? Usted conoce mis métodos. ¡Aplíquelos!

—La única conclusión que se me ocurre es la evidente de que el hombre ha ejercido en Londres antes de irse al campo.

—Creo que podemos aventurarnos un poco más todavía. Mírelo desde este punto de vista. ¿En qué ocasión sería más probable que se hiciera un obsequio como éste? ¿Cuándo le darían sus amigos esta muestra común de su aprecio? Evidentemente, en el momento en que el doctor Mortimer dejó de prestar sus servicios en el hospital para establecerse por su cuenta.

Sabemos que se ha realizado un obsequio. Creemos que se ha producido un traslado de un hospital de Londres a una consulta rural. ¿Sería, pues, demasiado aventurado deducir que el obsequio se realizó con ocasión del traslado?

—Parece probable, ciertamente.

—Ahora bien, observará usted que no podría haber pertenecido a la plantilla fija del hospital, pues sólo un médico bien establecido con consulta propia en Londres puede ejercer un puesto como éste, y un profesional así no se iría de médico rural. ¿Qué era, entonces? Si trabajaba en el hospital pero no estaba en la plantilla fija, sólo podía ser cirujano o médico residente; es decir, poco más que un estudiante en prácticas. Y dejó el hospital hace cinco años: la fecha aparece en el bastón. Así pues, mi querido Watson, el médico de familia solemne, de edad madura, del que habló usted, se desvanece y aparece un joven de menos de treinta años, amable, poco ambicioso, distraído y dueño de un perro al que aprecia, del que yo diría a grandes rasgos que es mayor que un terrier y menor que un mastín.

Lancé una risotada incrédula mientras Sherlock Holmes se recostaba en el diván y exhalaba hacia el techo pequeños anillos de humo temblorosos.

—En cuanto a lo último, no tengo modo de comprobarlo —le dije—, pero al menos no es difícil encontrar algunos pormenores sobre su edad y su carrera profesional.

Tomé el *Directorio médico* del estante donde guardaba mis pocos libros de medicina y busqué el apellido. Había varios Mortimer, pero sólo uno que pudiera ser nuestro visitante. Leí en voz alta su historial.

—«Mortimer, James, M. R. S. C., 1882, Grimpen, Dartmoor, condado de Devon. Cirujano residente en el Hospital de Charing Cross de 1882 a 1884. Ganador del Premio Jackson de Patología Comparada por su ensayo titulado "¿Es la enfermedad una reversión?". Académico correspondiente de la Academia Sueca de Patología. Autor de "Algunos caprichos del atavismo" (*The Lancet*, 1882) y "¿Progresamos realmente?" (*Revista de Psicología,* marzo de 1883). Médico titular de las parroquias de Grimpen, Thorsley y High Barrow.»

—No dice nada de ese club de cazadores, Watson —comentó Holmes con sonrisa traviesa—, pero sí que es médico rural, como observó usted con tanta astucia. Creo que mis deducciones han quedado bastante justificadas. En cuanto a los adjetivos que le apliqué, dije, si no recuerdo mal, que era amable, poco ambicioso y distraído. Con arreglo a mi experiencia, en este mundo sólo los hombres amables reciben obsequios, sólo los poco ambiciosos abandonan una carrera profesional en Londres para irse al campo, y sólo los distraídos se dejan el bastón en vez de dejar una tarjeta de visita después de pasarse una hora esperándolo a uno en su casa.

—¿Y lo del perro?

—Ha tenido la costumbre de llevar el bastón siguiendo a su amo. Al tratarse de un bastón pesado, el perro lo ha sujetado con fuerza por el centro y se aprecian con claridad las huellas de sus dientes. La distancia entre las huellas indica el tamaño de la mandíbula del perro, que me parece demasiado ancha para un terrier y demasiado estrecha para un mastín. Puede que fuera... ¡Sí, a fe mía! Se trata, en efecto, de un spaniel de pelo rizado.

Se había levantado y paseaba por la habitación mientras hablaba. Se detuvo entonces ante la ventana. Su seguridad era tal que levanté la vista sorprendido.

—Mi querido amigo, ¿cómo puede estar tan seguro de eso?

—Por la sencilla razón de que veo al perro en cuestión en nuestra misma puerta, y ése que llama es su dueño. No se retire, Watson, se lo suplico. Se trata de un hermano suyo de profesión, y la presencia de usted puede resultarme útil. Éste es, Watson, uno de esos momentos dramáticos del destino en que oímos en la escalera unos pasos que van a irrumpir en nuestras vidas sin que sepamos si es para bien o para mal. ¿Qué le va a pedir el doctor James Mortimer, hombre de ciencia, a Sherlock Holmes, experto en crímenes? ¡Pase!

El aspecto de nuestro visitante me pilló por sorpresa, pues yo había esperado ver al típico médico rural. Era un hombre muy alto, delgado, de nariz larga semejante a un pico de ave y que le asomaba de entre unos ojos grises, penetrantes, muy juntos, y que le brillaban con fuerza detrás de unas gafas con montura de oro. Iba vestido de la manera habitual en los médicos, aunque algo descuidado, pues llevaba la levita sucia y los pantalones raídos. Aunque era joven, su larga espalda ya estaba encorvada,

y caminaba con la cabeza adelantada y aspecto general de benevolencia miope. En cuanto entró, puso la mirada en el bastón que tenía Holmes en la mano y corrió hacia él mientras profería una exclamación de alegría.

—¡Cuánto me alegro! —dijo—. No sabía si me lo había dejado aquí o en la Agencia Marítima. No querría perder ese bastón por nada del mundo.

—Se trata de un obsequio, según veo —apuntó Holmes.

—Sí, señor.

—¿Del Hospital de Charing Cross?

—De un par de amigos de allí, con motivo de mi boda.

—¡Vaya, vaya, qué lástima! —dijo Holmes, sacudiendo la cabeza.

El doctor Mortimer pestañeó tras sus gafas, algo sorprendido.

—¿Por qué es una lástima?

—Sencillamente, porque ha trastocado usted nuestras pequeñas deducciones. ¿De su boda, dice usted?

—Sí, señor. Me casé, y a consecuencia de ello abandoné el hospital y con él toda esperanza de abrir consulta. Tenía que formar un hogar.

—Bueno, bueno, no nos hemos equivocado tanto, al fin y al cabo —dijo Holmes—. Y bien, doctor James Mortimer...

—No me llame «doctor», se lo ruego; soy un modesto licenciado en Medicina y Cirugía.

—Y hombre de mente exacta, salta a la vista.

—Coqueteo con la ciencia, señor Holmes; recojo las conchas que arroja a la playa el gran océano de lo desconocido. Entiendo que hablo con el señor Sherlock Holmes, y no...

—No se equivoca. Le presento a mi amigo el doctor Watson.

—Encantado de conocerlo, señor. He oído citar su nombre en relación con el de su amigo. Me interesa usted mucho, señor Holmes. No había esperado ni mucho menos un cráneo tan dolicocefálico ni un desarrollo supraorbital tan bien marcado. ¿Le importa que le pase el dedo por la fisura parietal? Señor mío, un vaciado en yeso de su cráneo sería el ornato de cualquier museo de antropología mientras no esté disponible el original. Sin ánimo de caer en la adulación, le confieso que desearía poseer su cráneo.

Sherlock Holmes le señaló una silla a nuestro extraño visitante con un movimiento de la mano.

—Advierto, señor mío, que le dedica usted a su campo de estudio tanto entusiasmo como yo al mío —comentó—. Advierto por su índice que se lía usted los cigarrillos. No tenga reparo en encender uno.

El hombre sacó papel y tabaco y lio un cigarrillo con sorprendente habilidad. Tenía los dedos largos y nerviosos, ágiles e inquietos como las antenas de un insecto.

Holmes guardaba silencio, pero sus miradas rápidas y penetrantes me mostraban cuánto interés le suscitaba nuestro curioso compañero.

—Supongo, señor mío —dijo por fin—, que si me hizo el honor de venir a visitarme anoche y lo ha hecho hoy de nuevo, no ha sido con el único fin de examinar mi cráneo.

—No, señor, no; aunque me alegro de haber gozado, de paso, de la oportunidad de hacerlo. He venido a verlo, señor Holmes, porque me daba cuenta de que soy hombre poco práctico y me encuentro de pronto ante un problema muy grave y extraordinario. Y reconociendo, como lo reconozco, que es usted el segundo de los expertos de Europa...

—¡No me diga usted! ¿Le puedo preguntar quién tiene el honor de ser el primero? —inquirió Holmes con cierta aspereza.

—Al hombre de mente precisa y científica siempre le ha de impresionar poderosamente la obra de monsieur Bertillon.

—Entonces, ¿no sería mejor que le consultara usted a él?

—He dicho, señor mío, al hombre de mente precisa y científica. Sin embargo, es bien sabido que usted no tiene rival como hombre capaz de llevar asuntos prácticos. Señor Holmes, no quisiera, sin darme cuenta, haber...

—Sólo un poco —dijo Holmes—. Doctor Mortimer, me parece que lo más prudente sería que tuviera usted la bondad de exponerme, sin más rodeos, la naturaleza exacta del problema para el que solicita mi ayuda.

CAPÍTULO II

LA MALDICIÓN DE LOS BASKERVILLE

—Traigo en el bolsillo un manuscrito —comenzó el doctor James Mortimer.

—Lo había observado cuando entró usted en la habitación —dijo Holmes.

—Es un manuscrito antiguo.

—De principios del siglo xviii, a no ser que se trate de una falsificación.

—¿Cómo es posible que lo sepa usted, señor mío?

—Mientras hablaba usted, no ha dejado de presentarme una o dos pulgadas del manuscrito. Muy poco capaz había de ser el entendido que no supiera fechar un documento sin errar en más de diez años. Es posible que haya leído usted la pequeña monografía que escribí sobre la materia. Le atribuyo al documento la fecha de 1730.

—Su fecha exacta es 1742 —dijo el doctor Mortimer, y lo extrajo del bolsillo delantero de la levita—. Este documento familiar me lo encomendó sir Charles Baskerville, cuya muerte trágica y repentina hace tres meses causó tanta sensación en el condado de Devon. Puedo afirmar que me tenía como amigo personal además de como médico. Era hombre decidido, señor mío, astuto, sagaz, y tan poco dado a la fantasía como yo mismo. A pesar de ello, se tomaba muy en serio este documento, e incluso se había figurado que podía sobrevenirle algo así como lo que terminó con él, en efecto.

Holmes extendió la mano para tomar el manuscrito y lo alisó en su rodilla.

—Observe, Watson, que se alterna la «s» alta con la baja. Es una de las indicaciones que me han permitido determinar la fecha.

Contemplé por encima de su hombro el papel amarillento y el texto desvaído. Estaba encabezado con las palabras «palacio de Baskerville», bajo las que figuraba escrita en grandes cifras la fecha de «1742».

—Al parecer, se trata de una especie de relación.

—Sí; es la relación de cierta leyenda tradicional de la familia Baskerville.

—Sin embargo, creo entender que usted quería consultarme acerca de un asunto más moderno y práctico...

—Muy moderno. Una cuestión muy práctica y urgente que se debe decidir en un plazo de veinticuatro horas. Pero el manuscrito es breve y guarda una estrecha relación con el asunto. Se lo leeré a ustedes, si me lo permiten.

Holmes se recostó en su silla, juntó las puntas de los dedos y cerró los ojos con aire de resignación. El doctor Mortimer acercó el manuscrito a la luz y leyó con voz aguda y quebradiza la siguiente narración curiosa, llena del espíritu de épocas pasadas:

«Se ha contado de muchas maneras el origen del perro de los Baskerville, mas yo, que soy descendiente directo de Hugo Baskerville, y que oí contar la historia a mi padre, quien se la oyó contar a su vez al suyo, la escribo creyendo firmemente que sucedió tal como la expongo aquí. Y creed, hijos míos, que esa misma Justicia que castiga el pecado también puede perdonarlo con su suma clemencia, y que no hay maldición tan grave que no se pueda levantar a fuerza de oraciones y arrepentimiento. Que esta historia no os enseñe, pues, a temer los frutos del pasado, sino más bien a ser circunspectos en el futuro, para que no vuelvan a desmandarse para nuestro mal las viles pasiones que tanto han hecho padecer a nuestra familia.

»Sabed, pues, que en tiempos de la Gran Rebelión (cuya historia, que dejó escrita el sabio lord Clarendon, os recomiendo encarecidamente que leáis) el señor de esta casa solariega de Baskerville era Hugo, del mismo apellido. No se puede negar que era hombre muy violento, impío y sin temor de Dios. Sus vecinos podrían haberlo tolerado, en verdad, teniendo presente que en esas partes no han florecido nunca los santos, pero tenía cierto humor desenfrenado y cruel que hacía sonar su nombre por todo el oeste de Inglaterra. Sucedió, pues, que este Hugo llegó a amar (si se puede dar un nombre tan luminoso a pasión tan oscura) a la hija de un labrador que tenía tierras cerca

de las posesiones de los Baskerville. Pero la joven doncella, que era discreta y de buena reputación, lo rehuía siempre por miedo a su mal nombre. Y aconteció que un día de San Miguel, este Hugo, junto con cinco o seis de sus compañeros ociosos y malvados llegó furtivamente a la granja y raptó a la doncella, pues bien sabía que su padre y hermanos no estaban en casa. Cuando la llevaron al palacio, la encerraron en un aposento del piso superior y Hugo y sus amigos emprendieron una gran francachela, según tenían por costumbre todas las noches. La pobre moza, que se encontraba arriba, estuvo a punto de enloquecer cuando oyó los cantos, los gritos y las blasfemias horribles que le llegaban desde abajo, pues se cuenta que cuando Hugo Baskerville estaba embriagado solía decir unas palabras como para que lo fulminara una centella. Por fin, entre las ansias de su miedo, la muchacha hizo una cosa que podría haberle infundido temor al más valiente o al más ágil de los hombres, pues ayudándose de la hiedra que cubría (y sigue cubriendo) la fachada del sur, bajó hasta el suelo y tomó el camino de su casa a través del páramo. Del palacio a la granja de su padre había tres leguas de distancia.

»Y sucedió que, al cabo de poco rato, Hugo dejó a sus compañeros para llevar de comer y de beber a su cautiva (o quizá con otros designios peores), y así fue como se encontró con que la jaula estaba vacía y el pájaro había volado. Entonces, según parece, se puso como un poseso, pues bajó las escaleras corriendo hasta el comedor, se subió de un salto a la gran mesa, hizo volar vasos y platos, y dijo a fuertes voces ante todos los presentes que entregaría su cuerpo y su alma aquella misma noche a los poderes del Mal con tal de alcanzar a la moza. Y mientras los juerguistas se quedaban atónitos ante la furia de aquel hombre, uno de ellos, más malo que los demás, o quizá más borracho, exclamó que debían echarle los perros. Oído lo cual, Hugo salió corriendo de la casa y gritó a los mozos que le ensillaran la yegua y soltaran la jauría. Después de dar a oler a los perros un pañuelo de la doncella, los azuzó y emprendió la cacería a la luz de la luna por el páramo.

»Los juerguistas se quedaron boquiabiertos durante algún tiempo, incapaces de entender todo aquello que se había hecho con tanta prisa. Al poco rato recuperaron el sentido y cayeron en lo que se iba a hacer en el páramo. Hubo entonces un tumulto. Unos pedían sus pistolas; otros, sus caballos,

y alguno, otra botella de vino. Pero al cabo recuperaron un poco de buen sentido en su locura, y todos ellos, que eran trece, montaron y emprendieron la persecución. La luna brillaba clara sobre ellos y cabalgaban aprisa, abiertos en ala, siguiendo el camino que debía haber tomado por necesidad la doncella para llegar a su casa.

»Cuando habían cabalgado una o dos millas alcanzaron a uno de los pastores que salen de noche por el páramo y le preguntaron a voces si había visto la partida de caza. Y según se cuenta, el hombre estaba tan despavorido que apenas podía hablar, pero respondió al fin que había visto, en efecto, a la desdichada doncella perseguida por los perros. "Pero he visto algo más —añadió—, pues pasó junto a mí Hugo Baskerville en su yegua negra, y corría tras él, callado, un perro infernal que no quiera Dios que llegue a seguirme los pasos jamás." Y los caballeros borrachos maldijeron al pastor y siguieron cabalgando. Pero no tardaron en enfriárseles los pellejos, pues oyeron ruido de cascos al galope por el páramo y se cruzó con ellos la yegua negra, salpicada de espuma blanca, con las riendas colgando y la silla vacía. Entonces los juerguistas siguieron cabalgando en grupo cerrado, pues los había invadido un gran temor, pero prosiguieron su avance por el páramo, aunque cada uno de ellos habría hecho volver a su caballo de muy buena gana de haber estado solo. De esta manera, cabalgando despacio, alcanzaron por fin a los perros. Aunque éstos tenían fama por su valor y buena raza, estaban apiñados, lloriqueando, en la cabecera de una hondonada profunda del páramo o *goyal,* como las llamamos; unos huían, y otros, con el vello erizado, miraban con los ojos desorbitados hacia la cañada que tenían por delante.

»Se había detenido el grupo, cuyos miembros, como os podéis figurar, estaban más serios que a la partida. Los más no querían avanzar por nada del mundo; pero de entre ellos, los más arrojados, o quizá los más borrachos, se adentraron cañada abajo. Y bien, ésta se abría en un espacio despejado en el que había dos o tres de esas piedras grandes que todavía se ven allí y que erigieron ciertas gentes olvidadas de la Antigüedad. La luna brillaba con fuerza sobre el claro, y en su centro yacía la desdichada doncella donde había caído, muerta de miedo y de fatiga. Pero lo que les puso los pelos de punta a aquellos disolutos temerarios no fue el ver su cadáver, ni tampoco el de Hugo Baskerville, que yacía cerca de ella, sino que, junto a Hugo y mordiéndole el cuello, había un ser maligno, una bestia grande, negra, con figura de perro, pero mayor que ningún perro que hayan visto jamás los ojos de un mortal. Y mientras lo miraban, aquel ser le desgarró el cuello a Hugo Baskerville, al ver lo cual, y mientras volvía hacia ellos los ojos relucientes y los dientes que chorreaban sangre, los tres soltaron chillidos de terror y huyeron a todo galope por el páramo, gritando aún. Se cuenta que uno murió aquella misma noche de la impresión por lo que había visto, y que los otros dos se quedaron destrozados para el resto de sus días.

»Ésta, hijos míos, es la historia de la llegada del perro que se dice que ha perseguido tanto a la familia desde entonces. Si la he escrito es porque lo que se conoce bien aterroriza menos que lo que se sospecha e intuye. Tampoco se puede negar que muchos miembros de la familia han padecido muertes desdichadas, repentinas, sangrientas y misteriosas. Con todo, podemos refugiarnos en la bondad infinita de la providencia, que no quiere castigar a los inocentes más allá de la tercera o cuarta generación a las que amenaza en las Sagradas Escrituras. A esa providencia os encomiendo aquí, hijos míos, y os aconsejo que tengáis la prudencia de absteneros de cruzar el páramo a esas horas oscuras en que se exaltan los poderes del mal.

»(Esto escribe Hugo Baskerville a sus hijos Rodger y John, encargándoles que no le digan nada de ello a su hermana Elizabeth)».

Cuando el doctor Mortimer hubo terminado de leer tan singular narración, se subió las gafas a la frente y miró al señor Sherlock Holmes. Éste bostezó y arrojó al fuego la colilla de su cigarrillo.

—¿Y bien? —preguntó.

—¿No le parece interesante?

—Para un coleccionista de cuentos de hadas.

El doctor Mortimer se sacó del bolsillo un periódico doblado.

—Ahora le ofreceré algo un poco más reciente, señor Holmes. Éste es el *Devon County Chronicle* del 14 de mayo de este año. Se trata de una breve crónica de los hechos que salieron a la luz acerca de la muerte de sir Charles Baskerville, que tuvo lugar pocos días antes de dicha fecha.

Mi amigo se inclinó un poco hacia delante y adoptó una expresión de interés. Nuestro visitante se caló de nuevo las gafas y empezó a leer:

«La muerte reciente y repentina de sir Charles Baskerville, cuyo nombre había sonado como probable candidato del Partido Liberal para la circunscripción de Devon Central en las próximas elecciones, ha llenado de tristeza al condado. Si bien hacía relativamente poco tiempo que sir Charles residía en el palacio de Baskerville, la afabilidad de su carácter y su generosidad extremada le habían merecido el afecto y respeto de todos los que lo habían tratado. En estos tiempos de nuevos ricos, resulta refrescante encontrar un caso en que el vástago de una antigua familia del condado venida a menos es capaz de hacer fortuna con su propio esfuerzo y volver con ella para restaurar la decaída grandeza de su estirpe. Como es bien sabido, sir Charles ganó grandes cantidades de dinero con inversiones en Sudáfrica. Más prudente que los que siguen especulando hasta perderlo todo, liquidó sus beneficios y se volvió con ellos a Inglaterra. Sólo hacía dos años que se había establecido en el palacio de Baskerville, y es de dominio público el gran alcance de sus planes de reconstrucción y mejora que su muerte ha interrumpido. Como no tenía hijos, había manifestado abiertamente su intención de que su fortuna beneficiara a toda la comarca en vida suya, y son muchos los que tendrán motivos personales para lamentar su muerte prematura. Hemos dado cuenta con frecuencia en estas páginas de sus generosos donativos para obras de caridad locales y del condado.

»No se puede afirmar que la investigación oficial dilucidara con absoluta claridad las circunstancias de la muerte de sir Charles, pero al menos se ha hecho lo suficiente para disipar los rumores que han llegado a correr, fruto de las supersticiones locales. No existe el más mínimo motivo para sospechar un acto de violencia ni para imaginarse que su muerte pudiera deberse a causas no naturales. Sir Charles era viudo, y se puede decir que tenía ciertas excentricidades de carácter en algunos sentidos. A pesar de su riqueza considerable, vivía con sencillez, y no tenía más criados de puertas adentro del Palacio de Baskerville que un matrimonio apellidado Barrymore: el marido hacía de mayordomo, y la mujer, de ama de llaves. Sus declaraciones, apoyadas por las de varios amigos de sir Charles, tienden a indicar que éste estaba delicado de salud desde hacía algún tiempo, y los indicios apuntan concretamente a alguna enfermedad del corazón, que se manifestaba en cambios de color, falta de aliento y ataques agudos de depresión nerviosa. El doctor James Mortimer, amigo y médico del difunto, ha declarado en el mismo sentido.

»Los hechos del caso son sencillos. Sir Charles solía pasear todas las noches, antes de acostarse, por el célebre paseo de los tejos del palacio de Baskerville. Las declaraciones de los Barrymore indican que así lo tenía por costumbre. El 4 de mayo, sir Charles había anunciado su intención de partir para Londres al día siguiente y había encargado a Barrymore que le preparara el equipaje. Aquella noche salió a dar su paseo nocturno habitual, durante el cual tenía la costumbre de fumarse un puro. No regresó. A las doce de la noche, Barrymore encontró todavía abierta la puerta del salón y, alarmado, encendió un farol y salió a buscar a su señor. El día había sido lluvioso, y le fue fácil seguir las huellas de sir Charles por el paseo. Hacia la mitad de este paseo hay un portón que da al páramo. Había indicios de que sir Charles había pasado allí de pie un breve rato. Barrymore siguió bajando por el paseo, y fue al final de éste donde se descubrió el cadáver. Un hecho que ha quedado sin explicación es la afirmación de Barrymore de que las huellas de su señor cambiaron de forma desde el momento en que pasó ante el portón que da al páramo, y que parecía como si hubiera caminado de puntillas a partir de allí. Andaba entonces por el páramo, a poca distancia, un chalán gitano llamado Murphy, pero al parecer, y según él mismo confiesa, llevaba unas copas de más. Afirma que oyó gritos, pero que no es capaz de determinar de dónde procedían. No se hallaron señales de violencia en la persona de sir Charles, y si bien el informe del médico habla de una distorsión facial casi increíble (tan grande que el doctor Mortimer se negaba al principio a creer que la persona que yacía ante él era, en efecto, su amigo y paciente), se explicó que dicho síntoma no es infrecuente en los casos de disnea y muerte por insuficiencia cardiaca. Apoyó esta explicación la autopsia, que puso de manifiesto la existencia de una antigua enfermedad orgánica, y el juez de instrucción emitió un veredicto acorde con los indicios médicos. Tanto mejor que sea así, pues salta a la vista la enorme importancia de que el heredero de sir Charles se establezca en el palacio y lleve adelante las buenas obras que se han visto truncadas de

manera tan triste. Si no fuera porque el informe prosaico del juez de instrucción pone punto final a los cuentos fantásticos que han corrido a media voz en relación con el caso, podría haber resultado difícil encontrar un inquilino para el palacio de Baskerville. Se cree que el pariente más próximo es el señor Henry Baskerville, si sigue con vida, hijo del hermano menor de sir Charles Baskerville. El joven vivía en América la última vez que se tuvieron noticias suyas, y se llevan a cabo pesquisas con el fin de informarle de su buena fortuna».

El doctor Mortimer volvió a doblar su periódico y se lo guardó de nuevo en el bolsillo.

—Hasta aquí, señor Holmes, los datos que salieron a la luz pública sobre la muerte de sir Charles Baskerville.

—Debo agradecerle que me haya hecho interesarme por un caso que presenta, ciertamente, algunos rasgos de interés —dijo Sherlock Holmes—. Observé por entonces algunos comentarios en los periódicos, pero estaba ocupadísimo con aquel asuntillo de los camafeos del Vaticano, y en mi afán de complacer al papa perdí el contacto con algunos casos ingleses interesantes. ¿Y dice usted que en este artículo aparecen todos los datos que salieron a la luz pública?

—Así es.

—Entonces, dígame usted los que no salieron a la luz pública.

Sherlock Holmes se recostó en su asiento, unió las puntas de los dedos y adoptó su expresión más impasible y juiciosa.

—Al hacerlo —dijo el doctor Mortimer, que había empezado a dar algunas muestras de emoción intensa—, relataré lo que no he confiado a nadie. Si me abstuve de presentar estos datos en la investigación del juez de instrucción fue porque, como hombre de ciencia, no quise encontrarme en la situación de refrendar, aparentemente, una superstición popular. Tenía otro motivo; pues, tal como dice el periódico, el palacio de Baskerville quedaría sin inquilino sin duda alguna si saliera a relucir cualquier cosa que empeorara todavía más su fama, ya mala de suyo. Por estos dos motivos me pareció justo contar algo menos de lo que sabía, ya que no podía hacer ningún bien positivo al relatarlo; pero ante ustedes no tengo ninguna razón que me impida hablar con absoluta franqueza.

»El páramo está muy poco habitado, y las personas que viven cerca entre sí tienden a tratarse mucho. Por este motivo yo me veía con frecuencia con sir Charles Baskerville. No vivía ninguna persona culta más en muchas millas a la redonda, a excepción del señor Frankland, del palacio de Lafter, y del señor Stapleton, el naturalista. Aunque sir Charles era hombre retraído, la circunstancia fortuita de su enfermedad nos llevó a conocernos, y nuestro interés común por la ciencia hizo que mantuviésemos nuestro trato. Él había vuelto de Sudáfrica con mucha información científica, y hemos pasado muchas veladas encantadoras debatiendo entre los dos la anatomía comparada del bosquimano y el hotentote.

»En los últimos meses vi con claridad que el sistema nervioso de sir Charles estaba tenso hasta el límite de su resistencia. Se había tomado a pecho esta leyenda que acabo de leerles; hasta tal punto que si bien se paseaba por sus propios jardines, no salía al páramo de noche por nada del mundo. Aunque le pueda parecer increíble, señor Holmes, estaba convencido sinceramente de que se cernía un destino terrible sobre su familia, y las crónicas que conocía de sus antepasados ciertamente no podían servir para darle ánimos. Lo perseguía constantemente la idea de una presencia espantosa, y en más de una ocasión me preguntó si había visto alguna vez, en mis desplazamientos nocturnos como médico, alguna criatura extraña, u oído los aullidos de un perro. Esta última pregunta me la hizo varias veces, y siempre con voz vibrante de emoción.

»Recuerdo bien una ocasión en que llegué a su casa en mi carruaje, al caer la tarde, cosa de tres semanas antes del suceso fatal. Se encontraba por casualidad ante la puerta de su salón. Yo me había apeado de mi calesa y estaba de pie ante él cuando vi que sus ojos miraban fijamente por encima de mi hombro y se clavaban en algún punto tras de mí con una expresión del horror más terrible. Me volví aprisa y tuve el tiempo justo de atisbar algo que a mí me pareció una ternera negra grande que pasaba ante la entrada del camino cochero. Estaba tan emocionado y alarmado que me vi obligado a regresar hasta el punto donde había estado el animal y a buscarlo con la vista. Había desaparecido, no obstante, y el incidente le causó, al parecer, una pésima impresión. Me quedé con él toda la tarde, y fue en aquella ocasión cuando, para explicarme la emoción que había manifestado, dejó en mi poder esa narración que

les he leído al poco de entrar aquí. Si cito este pequeño episodio es porque reviste alguna importancia en vista de la tragedia subsiguiente, pero en aquel momento yo estaba convencido de que la cuestión era absolutamente trivial y su emoción no tenía justificación alguna.

»Sir Charles se disponía a ir a Londres por consejo mío. Yo sabía que sufría del corazón, y era evidente que la angustia constante en que vivía, por quimérica que fuese su causa, producía graves efectos sobre su salud. Me pareció que, tras pasarse unos meses entre las distracciones de la capital, volvería hecho un hombre nuevo. El señor Stapleton, amigo común que se preocupaba mucho por su estado de salud, era de la misma opinión. En el último momento sobrevino esta catástrofe terrible.

»La noche de la muerte de sir Charles, Barrymore, el mayordomo, que fue quien lo descubrió, envió a caballo a Perkins, el mozo de cuadra, para que viniera a buscarme, y como yo no me había acostado todavía pude llegar al palacio de Baskerville antes de que hubiera transcurrido una hora del suceso. Comprobé y corroboré todos los datos que se citaron en la investigación. Seguí las huellas por el paseo de los tejos, vi el lugar donde sir Charles había esperado, en apariencia, ante la puerta que da al páramo, observé el cambio de forma de las huellas a partir de ese punto, advertí que en la gravilla blanda no había otras huellas aparte de las de Barrymore, y examiné por fin con cuidado el cuerpo, que no había sido tocado hasta mi llegada. Sir Charles yacía boca abajo, con los brazos extendidos, los dedos clavados en tierra y los rasgos convulsionados por una fuerte emoción, hasta tal punto que yo apenas habría podido dar fe de que se trataba de él. En efecto, no padecía lesiones físicas de ninguna clase. Sin embargo, Barrymore realizó una afirmación falsa durante la investigación. Dijo que no había huellas en el suelo alrededor del cuerpo. Él no observó ninguna. Pero yo sí, algo apartadas; frescas y claras.

—¿Huellas de pisadas?

—Huellas de pisadas.

—¿De hombre, o de mujer?

El doctor Mortimer nos miró por un instante de un modo extraño, y respondió, bajando la voz hasta casi un susurro:

—¡Señor Holmes, eran las huellas de un perro gigantesco!

CAPÍTULO III

EL PROBLEMA

Confieso que un estremecimiento me recorrió el cuerpo al oír estas palabras. La voz del doctor vibraba de un modo que manifestaba que a él mismo lo conmovía profundamente lo que nos contaba. Holmes se inclinó hacia delante, emocionado, y tenía en los ojos ese brillo duro y seco que solían despedir cuando algo le interesaba vivamente.

—¿Vio usted esto?

—Con tanta claridad como los estoy viendo a ustedes.

—¿Y no dijo usted nada?

—¿De qué habría servido?

—¿Cómo es que no lo vio nadie más?

—Las huellas estaban a unas veinte yardas del cadáver y nadie reparó en ellas. Supongo que yo tampoco lo habría hecho de no haber conocido esta leyenda.

—¿Hay muchos perros pastor en el páramo?

—Sin duda, pero aquél no era ningún perro pastor.

—¿Y dice usted que era grande?

—Enorme.

—Pero ¿no se había acercado al cuerpo?

—No.

—¿Qué tiempo hacía aquella noche?

—Húmedo y desapacible.

—Pero ¿no llegó a llover?

—No.

—¿Cómo es el paseo?

—Hay dos hileras de seto de tejo antiguo, de doce pies de alto e impenetrable. Por el centro transcurre un camino de unos ocho pies de ancho.

—¿Hay algo entre los setos y el camino?

—Sí. Una franja de césped de unos seis pies de ancho a cada lado.

—Entiendo que en el seto de tejo se abre en un punto una puerta.

—Sí, el portillo que da al páramo.

—¿Hay alguna otra abertura?

—Ninguna.

—¿De manera que para acceder al paseo de los tejos hay que entrar o bien por la casa, o bien por la puerta del páramo?

—Hay salida por un invernadero al final del paseo.

—¿Había llegado hasta allí sir Charles?

—No; estaba tendido a unas cincuenta yardas de allí.

—Ahora, dígame, doctor Mortimer (y esto es importante): las huellas que vio usted, ¿estaban en el camino y no en el césped?

—En el césped no podría apreciarse ninguna huella.

—¿Estaban en el mismo lado del camino de la puerta del páramo?

—Sí; estaban al borde del camino del mismo lado de la puerta del páramo.

—Lo que me cuenta usted es interesantísimo. Otra cuestión. ¿Estaba cerrado el portillo?

—Cerrado con candado.

—¿Que altura tenía?

—Unos cuatro pies.

—Entonces, ¿podría haberlo salvado cualquiera?

—Sí.

—¿Y qué huellas vio usted junto al portillo?

—Ninguna en especial.

—¡Cielo santo! ¿No lo examinó nadie?

—Sí, lo examiné yo mismo.

—¿Y no encontró nada?

—Estaba todo muy confuso. Era evidente que sir Charles había pasado allí cinco o diez minutos de pie.

—¿Cómo lo sabe usted?

—Porque se le había caído por dos veces la ceniza del puro.

—¡Muy bien observado! Watson, he aquí un colega como los queremos. Pero ¿y las huellas?

—Había dejado sus propias huellas en aquel espacio reducido de gravilla. No pude discernir otras.

Sherlock Holmes se dio una palmada en la rodilla con gesto de impaciencia.

—¡Si hubiera estado yo allí! —exclamó—. Se trata, evidentemente, de un caso de interés extraordinario, que presentaba oportunidades inmensas para el experto científico. Esa página de gravilla en la que yo podría haber leído tantas cosas ha quedado emborronada hace mucho tiempo por la lluvia y desfigurada por los zuecos de los campesinos curiosos. ¡Ay, doctor Mortimer, doctor Mortimer, pensar que no me llamó usted! En verdad, tiene usted mucha culpa.

—No podía llamarlo a usted, señor Holmes, sin que salieran a relucir públicamente todos estos datos, y ya le he explicado mis motivos para no querer hacerlo. Además, además...

—¿Por qué titubea usted?

—Hay un plano en el que nada puede hacer ni el más agudo y experto de los detectives.

—¿Quiere usted decir que es una cosa sobrenatural?

—Yo no he dicho eso.

—No, pero es evidente que lo piensa.

—Después de la tragedia, señor Holmes, han llegado a mis oídos varios incidentes difíciles de conciliar con el orden natural establecido.

—¿Por ejemplo?

—He descubierto que antes de que se produjera el hecho terrible, varias personas habían visto en el páramo una criatura que se corresponde con este demonio de los Baskerville, y que no podía ser en absoluto ninguno de

los animales conocidos por la ciencia. Todos coincidían en que se trataba de una criatura enorme, luminosa, horrible y espectral. He interrogado a estos hombres, uno de los cuales es un campesino cabezota, otro es herrero y el tercero es un granjero del páramo, y todos cuentan lo mismo de esta aparición espantosa, que se corresponde exactamente con el perro infernal de la leyenda. Le aseguro a usted que en la comarca reina el terror, y que sólo los más valientes se atreven a cruzar el páramo de noche.

—¿Y usted, un científico culto, cree que se trata de algo sobrenatural?

—No sé qué creer.

Holmes se encogió de hombros.

—Hasta el momento, me he ceñido a este mundo en mis investigaciones —dijo—. He combatido el mal con modestia, pero enfrentarme al padre del Mal en persona sería quizá una tarea demasiado ambiciosa. No obstante, reconocerá usted que la huella era material.

—El perro de la leyenda era lo bastante material como para rasgar la garganta de un hombre, a pesar de lo cual era diabólico al mismo tiempo.

—Veo que se ha pasado usted del todo a los partidarios de lo sobrenatural. Pero dígame una cosa, señor Mortimer. Si alberga estas opiniones, ¿por qué ha venido usted a consultarme siquiera? Me dice que es inútil investigar la muerte de sir Charles, pero al mismo tiempo me encarga que la investigue.

—No he dicho que quisiera encargárselo.

—Entonces, ¿en qué puedo servirlo?

—En aconsejarme lo que debo hacer con sir Henry Baskerville, quien llega a la estación de Waterloo —el doctor Mortimer consultó su reloj— dentro de una hora y cuarto exactamente.

—¿Y es el heredero?

—Sí. A la muerte de sir Charles buscamos a este joven caballero y descubrimos que estaba en Canadá, dedicado a la agricultura. Según los informes que nos han llegado, es una persona excelente en todos los sentidos. No hablo ahora en calidad de médico, sino de albacea y fideicomisario de la testamentaría de sir Charles.

—¿No hay ningún otro pretendiente, supongo?

—Ninguno. Sólo hemos podido seguir la pista de otro pariente, que era Rodger Baskerville, el menor de los tres hermanos de los que el pobre sir Charles era el mayor. El hermano segundo, que murió joven, era padre de este mozo, de Henry. El tercero, Rodger, era la oveja negra de la familia. Tenía la vena de los antiguos Baskerville dominantes y, según me cuentan, era la viva imagen del antiguo Hugo, tal como aparece retratado en la galería familiar. Se vio envuelto en escándalos en Inglaterra, de modo que huyó a América Central y murió allí en 1876 de fiebre amarilla. Henry es el último Baskerville. Lo recibiré en la estación de Waterloo dentro de una hora y cinco minutos. He recibido un telegrama en el que se me confirma que llegó a Southampton esta mañana. Ahora bien, señor Holmes, ¿qué me recomendaría usted que hiciera con él?

—¿Por qué no había de ir a la casa de sus antepasados?

—Parece lo natural, ¿verdad? Sin embargo, considere usted que todos los Baskerville que van allí sufren una suerte maligna. Tengo la seguridad de que si sir Charles pudiera haber hablado conmigo antes de su muerte, me habría prevenido para que no llevara a esa persona, el último miembro de la vieja estirpe y heredero de grandes riquezas, a aquel lugar mortal. Sin embargo, no se puede negar que la prosperidad de toda esa región pobre y desolada depende de su presencia. Todas las buenas obras que había realizado sir Charles se vendrán abajo si el palacio está desocupado. Temo mucho dejarme llevar en demasía por mi interés evidente en la cuestión, y por eso le presento a usted el caso y le pido su consejo.

Holmes reflexionó unos momentos.

—La cuestión es ésta, expresada con palabras sencillas —reflexionó—. En opinión de usted, existe un ente diabólico por el cual Dartmoor no es lugar seguro para que viva allí un Baskerville. ¿Es ésta su opinión?

—Al menos, podría llegar a decir que existen algunas pruebas que apuntan en ese sentido.

—Exactamente. Pero, sin duda, si su teoría de lo sobrenatural es correcta, podría hacerle mal al joven en Londres con tanta facilidad como en el condado de Devon. Sería inconcebible un diablo que sólo tuviera poderes en una localidad, como si fuera una junta parroquial.

—Presenta usted la cuestión, señor Holmes, con una ligereza que probablemente no tendría si hubiera estado en contacto personal con estas cosas. Entiendo, pues, que su consejo es que el joven estará tan a salvo en Devon como en Londres. Llega dentro de cincuenta minutos. ¿Qué recomendaría usted?

—Lo que le recomiendo, señor mío, es que tome usted un coche de punto, que llame a su spaniel, que me está rascando la puerta de la calle, y que se vaya a la estación de Waterloo a recibir a sir Henry Baskerville.

—¿Y después?

—Y después, no le diga usted nada en absoluto hasta que yo haya tomado una decisión al respecto.

—¿Cuánto tardará usted en tomar una decisión?

—Veinticuatro horas. Le agradeceré mucho que venga a visitarme usted, doctor Mortimer, mañana a las diez. Y facilitaría mis planes para el futuro si se trajera usted consigo a sir Henry Baskerville.

—Así lo haré, señor Holmes.

El doctor Mortimer tomó nota de la cita en el puño de su camisa y se marchó a toda prisa con su andar extraño, de corto de vista y distraído. Holmes lo detuvo en lo alto de la escalera.

—Sólo una pregunta más, doctor Mortimer. ¿Dice usted que varias personas vieron esa aparición en el páramo antes de la muerte de sir Charles Baskerville?

—Tres personas.

—¿La vio alguien después?

—No tengo noticias de nadie.

—Gracias. Buenos días.

Holmes volvió a su asiento con ese aspecto callado suyo de satisfacción interior que quería decir que abordaba una tarea de su gusto.

—¿Va a salir, Watson?

—A no ser que pueda ayudarlo en algo.

—No, estimado amigo, cuando recurro a su ayuda es en los momentos de acción. Pero esto es espléndido, único en realidad en varios sentidos. Cuando pase usted por la tienda de Bradley, ¿haría usted el favor de pedirle que me mande una libra del tabaco negro más fuerte que tengan? Muchas gracias. Tampoco estaría de más que no volviera usted hasta la noche, si no le viene mal. A esa hora tendré mucho gusto en comparar impresiones sobre este problema tan interesante que nos han presentado esta mañana.

Yo sabía que el encierro y la soledad eran muy necesarios para mi amigo en las horas de concentración mental intensa que dedicaba a ponderar cada fragmento de prueba, a construir teorías alternativas, a confrontarlas entre sí y decidir cuáles eran los puntos esenciales y cuáles los intrascendentes. Por lo tanto, pasé el día en mi club y no regresé a Baker Street hasta la noche. Cuando me encontré de nuevo en el cuarto de estar eran casi las nueve.

Mi primera impresión al abrir la puerta fue que se había declarado un incendio, pues la habitación estaba tan llena de humo que oscurecía la luz de la lámpara que ardía sobre la mesa. No obstante, me tranquilicé al entrar, pues se trataba del humo acre del tabaco fuerte y basto, que se me metió en la garganta y me hizo toser. Vi vagamente entre la neblina a Holmes, en bata, acurrucado en un sillón con su pipa de arcilla negra entre los labios. Tenía a su alrededor varios rollos de papel.

—¿Se ha resfriado, Watson? —me preguntó.

—No, es este ambiente tan venenoso.

—Ahora que lo dice, supongo que está bastante cargado, en efecto.

—¡Cargado! Es insoportable.

—¡Abra la ventana, entonces! Ha pasado todo el día en su club, según veo.

—¡Mi querido Holmes!

—¿Tengo razón?

—Desde luego, pero ¿cómo?

Mi expresión de desconcierto le hizo reír.

—Tiene usted una frescura deliciosa, Watson, que convierte en un placer el ejercicio de mis pequeños poderes a sus expensas. Un caballero sale de su casa un día de lluvia y barro. Vuelve por la noche, impecable, con el sombrero y los zapatos todavía brillantes. Por lo tanto, ha pasado todo el día a cubierto. No es hombre que tenga amigos íntimos. ¿Dónde puede haber estado, entonces? ¿No es evidente?

—Bueno, es bastante evidente.

—El mundo está lleno de cosas evidentes que nadie observa ni por lo más remoto. ¿Dónde diría usted que he estado yo?

—También a cubierto.

—Antes bien, he estado en el condado de Devon.

—¿En espíritu?

—Exactamente. Mi cuerpo no se ha movido de este sillón, y lamento observar que ha consumido en mi ausencia dos cafeteras grandes y una cantidad increíble de tabaco. Después de marcharse usted, hice traer de la librería Stamford el plano oficial de esta parte del páramo, y mi espíritu ha flotado sobre ella todo el día. Me atrevería a decir que podría andar por allí sin perderme.

—¿Se trata de un plano a gran escala, supongo?

—Muy grande.

Desenrolló una de las hojas y la extendió sobre su rodilla.

—Aquí tiene usted la zona concreta que nos atañe. Eso que está en el centro es el palacio de Baskerville.

—¿Rodeado por un bosque?

—Exactamente. Me imagino que el paseo de los tejos, aunque no aparece rotulado con este nombre, debe extenderse a lo largo de esta línea, con el páramo a su derecha, según ve usted. Este grupo pequeño de edificios que hay aquí es la aldea de Grimpen, donde tiene su sede nuestro amigo el doctor Mortimer. Como verá usted, en un radio de cinco millas sólo hay unas pocas casas muy dispersas. Aquí está el palacio de Lafter, del que se habló en la narración. Aquí aparece indicada una casa que puede ser la residencia del naturalista. Se llamaba Stapleton, si no recuerdo mal. Aquí hay dos granjas del páramo, High Tor y Foulmire. Después, a catorce millas, está el gran penal de Princetown. Entre estos puntos dispersos y a su alrededor se extiende el páramo desolado, sin vida. Éste es, pues, el escenario donde se ha representado la tragedia y donde podemos contribuir a hacerla representar de nuevo.

—Debe de ser una región yerma.

—Sí, el entorno es digno del caso. Si el diablo quisiera intervenir en los asuntos de los hombres...

—Entonces, usted mismo se inclina hacia la explicación sobrenatural.

—El demonio puede tener agentes de carne y hueso, ¿no es así? Nos esperan dos preguntas de partida. La primera es si se ha cometido algún crimen; la segunda, cuál ha sido el crimen y cómo se cometió. Por supuesto, si el doctor Mortimer está en lo cierto y nos tratamos con fuerzas que se salen de las leyes naturales ordinarias, podemos dar por cerrada nuestra investigación. Sin embargo, estamos obligados a agotar todas las demás hipótesis antes de recurrir a ésta. Me parece que volveremos a cerrar esa ventana, si a usted no le importa. Aunque es cosa singular, he notado que un ambiente concentrado me ayuda a ordenar las ideas. No he llegado al punto de encerrarme en una caja a pensar, pero sería la consecuencia lógica de mis creencias. ¿Ha reflexionado usted sobre el caso?

—Sí, he pensado bastante en ello en el transcurso del día.

—¿Qué le parece?

—Es muy desconcertante.

—Posee carácter propio, desde luego. Tiene aspectos destacados. El cambio de las huellas, por ejemplo. ¿Qué deduce usted de eso?

—Mortimer dijo que el hombre había caminado de puntillas por esa parte del paseo.

—Se limitaba a repetir lo que diría algún necio en la investigación. ¿Por qué iba a caminar de puntillas nadie por el paseo?

—¿De qué se trata, entonces?

—Corría, Watson. Corría como un desesperado, corría como si le fuera la vida en ello, corrió hasta que le estalló el corazón... y cayó de bruces, muerto.

—¿De qué huía?

—He aquí el problema que debemos resolver. Existen indicios de que el hombre estaba enloquecido de miedo aun antes de echar a correr.

—¿En qué se basa para afirmarlo?

—Estoy suponiendo que lo que provocaba su temor le llegó por el páramo. En tal caso, que parece muy probable, sólo un hombre fuera de sus casillas habría echado a correr *alejándose* de la casa, en vez de hacerlo hacia ésta. Si se puede tomar como cierta la declaración del gitano, pidió ayuda a gritos mientras corría en la dirección en la que tenía menos posibilidades de encontrarla. Por otra parte, ¿a quién estaba esperando aquella noche, y por qué lo esperaba en el paseo de los tejos, en lugar de hacerlo en su propia casa?

—¿Cree usted que esperaba a alguien?

—Era un hombre de edad avanzada y enfermo. Se entiende que saliera a darse un paseo al caer la tarde, pero el terreno estaba húmedo y hacía mala noche. ¿Es natural que se quedara cinco o diez minutos de pie, inmóvil, como dedujo por la ceniza del puro el doctor Mortimer, con mayor sentido práctico del que yo le habría atribuido?

—Pero salía todas las noches.

—Me parece poco probable que se pasara un rato inmóvil ante la puerta del páramo todas las noches. Antes al contrario, hay indicios de que evitaba el páramo. Aquella noche pasó allí un rato esperando algo. Era la noche anterior a su partida para Londres. La cosa va cobrando forma, Watson. Adquiere coherencia. Alcánceme mi violín, si me hace el favor, y dejaremos de pensar en este asunto hasta que tengamos la ventaja de reunirnos con el doctor Mortimer y sir Henry Baskerville mañana por la mañana.

CAPÍTULO IV

SIR HENRY BASKERVILLE

Nuestra mesa de desayuno quedó despejada temprano, y Holmes, en bata, se puso a esperar la reunión prometida. Nuestros clientes acudieron puntuales a su cita, pues el reloj acababa de dar las diez cuando hicieron pasar al doctor Mortimer, seguido del joven noble. Era éste un hombre pequeño, activo, de ojos oscuros, de unos treinta años de edad, de complexión muy recia, espesas cejas negras y rostro enérgico e impetuoso. Llevaba un traje de *tweed* de color rojizo, y tenía el aspecto curtido del hombre que ha pasado mucho tiempo al aire libre, a pesar de lo cual había algo en su mirada firme y en su porte tranquilo y seguro que denotaba al caballero.

—Les presento a sir Henry Baskerville —dijo el doctor Mortimer.

—Vaya, así es —respondió aquél—, y lo más curioso, señor Sherlock Holmes, es que si mi amigo aquí presente no me hubiera propuesto venir a visitarlo a usted esta mañana, habría venido yo por mi cuenta. Tengo entendido que usted se dedica a resolver acertijos, y esta mañana se me ha presentado uno que tendría que resolver alguien más listo que yo.

—Tenga usted la bondad de sentarse, sir Henry. ¿Debo entender que usted mismo ha tenido alguna experiencia notable desde su llegada a Londres?

—Nada que tenga gran importancia, señor Holmes. Lo más probable es que no sea más que una broma. Se trata de esta carta, si se la puede llamar así, que recibí esta mañana.

Dejó en la mesa un sobre, y todos nos acercamos a observarlo. Era de papel corriente, de color grisáceo. La dirección, «Sir Henry Baskerville, Hotel Northumberland», estaba escrita con letras de molde toscas; el matasellos era de Charing Cross con fecha de la tarde anterior.

—¿Quién sabía que se alojaría usted en el Hotel Northumberland? —preguntó Holmes, mirando vivamente a nuestro visitante.

—No podía saberlo nadie. Lo decidimos después de reunirme con el doctor Mortimer.

—Pero el doctor Mortimer ya estaría alojado allí, sin duda.

—No, había estado en casa de un amigo —explicó el doctor—. No existía ninguna indicación posible de que fuésemos a ir a este hotel.

—¡Hum! Parece que alguien se interesa mucho por sus movimientos.

Extrajo del sobre medio folio de papel plegado en cuatro. Lo abrió y lo extendió sobre la mesa. En el centro del papel se había formado una única frase a base de pegar palabras impresas. Decía así:

«Si valora su vida o su razón, no se acerque al páramo».

Sólo la palabra «páramo» estaba escrita a tinta, con letras de molde.

—Ahora bien, señor Holmes —dijo sir Henry Baskerville—, ¿podrá usted decirme qué truenos significa esto, y quién se interesa tanto por mis asuntos?

—¿Qué le parece a usted, doctor Mortimer? Debe reconocer usted que esto, al menos, no tiene nada de sobrenatural.

—No, señor, pero bien puede proceder de alguna persona que esté convencida de que el caso es sobrenatural.

—¿Qué caso? —preguntó sir Henry con viveza—. Me parece que ustedes, caballeros, saben más de mis asuntos que yo mismo.

—Le haremos partícipe de lo que sabemos antes de que salga usted de esta habitación, sir Henry. Se lo prometo —respondió Sherlock Holmes—. De momento, con el permiso de usted, vamos a ceñirnos a este documento tan interesante, que debió de pergeñarse y echarse al correo ayer por la tarde. ¿Tiene usted el *Times* de ayer, Watson?

—Está aquí, en el rincón.

—¿Tendría la bondad de alcanzármelo? Las páginas centrales, por favor, con los artículos de fondo.

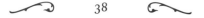

Recorrió de un vistazo rápido las columnas de dicha página.

—Este artículo sobre el libre comercio es de primera. Permítanme que les cite unos pasajes.

«Si el industrial valora el arancel protector creyendo que beneficiará a su ramo o a su sector, con más razón debe creer que el efecto de una legislación como ésta será el de impedir a largo plazo que la riqueza se acerque al país y reducir nuestras importaciones en detrimento del nivel de vida general de esta isla.»

—¿Qué le parece, Watson? —exclamó Holmes con gran regocijo, frotándose las manos con satisfacción—. Admirable opinión, ¿no cree usted?

El doctor Mortimer miró a Holmes con aire de interés profesional, y sir Henry Baskerville me clavó la mirada oscura, en la que se leía el desconcierto.

—Yo no entiendo gran cosa de aranceles y cosas así —dijo—, pero lo que sí me parece es que nos hemos desviado un poco del asunto de esta nota.

—Al contrario, sir Henry, creo que estamos siguiendo la pista muy de cerca. Aunque Watson, aquí presente, conoce mis métodos mejor que ustedes, me temo que ni siquiera él se ha hecho cargo de la importancia de esta frase.

—No, reconozco que no veo ninguna relación.

—No obstante, mi querido Watson, la relación es tan estrecha que la una está extractada de la otra.

»"Si, valora, su, su, vida, razón, se acerque..." ¿Ve usted ahora de dónde se han tomado estas palabras?

—¡Truenos! ¡Tiene razón! ¡Vaya, qué listo ha sido! —exclamó sir Henry.

—Toda duda que pudiera quedar se despejaría al observar que las palabras «se acerque» están recortadas en una sola pieza.

—Vaya... ¡Así es!

—En verdad, señor Holmes, esto supera cualquier cosa que hubiera podido imaginarme —dijo el doctor Mortimer, mirando a mi amigo con asombro—. Me habría parecido comprensible que alguien dijera que las palabras estaban tomadas de un periódico; pero que diga usted de qué periódico, y añada además que pertenecían al artículo de fondo, es, francamente, una de las cosas más notables que he visto en mi vida. ¿Cómo lo ha conseguido?

—Supongo, doctor, que usted sabría distinguir el cráneo de un negro del de un esquimal...

—Sin duda alguna.

—Pero ¿cómo?

—Porque ésta es mi afición particular. Las diferencias son evidentes. La cresta supraorbital, el ángulo facial, la curva maxilar, el...

—Pues mi afición particular es ésta, y las diferencias son igualmente evidentes para mí. Yo veo tanta diferencia entre los caracteres burgueses bien impresos de un artículo del *Times* y la letra descuidada de un periódico vespertino de medio penique como la ve usted entre el negro y el esquimal. La detección de tipos de imprenta es uno de los campos de conocimiento más elementales para el especialista en criminología, aunque he de reconocer que, en cierta ocasión, cuando era muy joven, confundí el *Mercury* de Leeds con el *Western Morning News*. Sin embargo, un artículo de fondo del *Times* es absolutamente inconfundible, y estas palabras no podrían haberse tomado de ninguna otra parte. En vista de que la carta se preparó ayer, era muy probable que encontrásemos las palabras en el número de ayer.

—Entonces, si lo sigo a usted, señor Holmes —dijo sir Henry Baskerville—, alguien recortó este mensaje con unas tijeras...

—Con unas tijeras de cortar uñas —concluyó Holmes—. Apreciará usted que eran unas tijeras de hoja muy corta, ya que la persona que las manejaba tuvo que dar dos tijeretazos para recortar las palabras *se acerque*.

—Así es. Pues bien, alguien recortó el mensaje con unas tijeras de hoja corta, las pegó con cola...

—Con goma arábiga —matizó Holmes.

—Las pegó al papel con goma arábiga. Pero dígame usted, ¿por qué escribió a mano la palabra *páramo*?

—Porque no la encontraba impresa. Todas las demás palabras eran sencillas y podrían encontrarse en cualquier número del periódico, pero *páramo* sería menos corriente.

—Sí, claro, eso lo explicaría. ¿Deduce usted algo más de este mensaje, señor Holmes?

—Existen una o dos indicaciones más; sin embargo, se ha procurado por todos los medios eliminar todo indicio. Observará usted que la dirección está escrita con letra de molde tosca. No obstante, el *Times* es un periódico que rara vez se ve más que en manos de personas muy cultas. Podemos suponer, por lo tanto, que quien compuso la carta fue un hombre culto que quiso pasar por inculto, y su esfuerzo por ocultar su letra da a entender que se trata de una letra que usted conoce o podría conocer. Observará, asimismo, que las palabras no están pegadas en línea con precisión, sino que algunas están mucho más altas que las demás. La palabra *vida,* por ejemplo, está muy desviada del lugar que le corresponde. Esto puede indicar descuido, o puede indicar prisa y agitación por parte de quien recortaba las palabras. En conjunto, me inclino a esta segunda interpretación, en vista de que se trataba de una cuestión de evidente importancia y de que es improbable que una persona descuidada redactara una carta como ésta. Si tenía prisa, se nos plantea la cuestión interesante de por qué tenía prisa, ya que cualquier carta que echara al correo hasta la madrugada llegaría a manos de sir Henry antes de que éste saliera de su hotel. ¿Temía sufrir una interrupción? ¿Por parte de quién?

—Estamos adentrándonos más bien en la región de las conjeturas —dijo el doctor Mortimer.

—Digamos, mejor, en la región en que sopesamos las posibilidades y elegimos las más probables. Es un uso científico de la imaginación, pero nuestras especulaciones tienen siempre una base de partida material. Pues bien, usted lo consideraría una conjetura, sin duda, pero yo estoy casi convencido de que esta dirección se ha escrito en un hotel.

—¿Cómo puede usted afirmar tal cosa?

—Si examina atentamente esta dirección, advertirá que la persona que lo escribió ha tenido dificultades tanto con la pluma como con la tinta. La pluma ha soltado dos borrones en una sola palabra y se ha secado tres veces al escribir una dirección breve, señal de que quedaba muy poca tinta en el tintero. Ahora bien, no es corriente que una pluma y un tintero particulares se tengan en ese estado, y debe de ser bastante raro que coincidan las dos circunstancias. Pero ya conocen ustedes los tinteros y las plumas de los hoteles, donde lo raro es encontrarse con otra cosa. Sí, apenas dudo en afirmar que si pudiésemos examinar las papeleras de los hoteles de la zona de Charing Cross hasta encontrar los restos del *Times* mutilado, podríamos ponerle la mano encima a la persona que envió este mensaje tan singular. ¡Vaya! ¡Vaya! ¿Qué es esto?

Examinaba con cuidado el medio folio donde estaban pegadas las palabras; lo sostenía a sólo una o dos pulgadas de los ojos.

—¿Y bien?

—Nada —dijo, dejando el papel—. Es media hoja de papel en blanco; ni siquiera tiene filigrana. Creo que ya hemos deducido todo lo posible de esta carta tan curiosa. Y ahora, dígame, sir Henry, ¿le ha sucedido alguna otra cosa interesante desde que llegó a Londres?

—Pues no, señor Holmes. Me parece que no.

—¿No ha advertido que alguien lo siguiera o lo vigilara?

—Me da la impresión de que me he metido en una novela barata —dijo nuestro visitante—. ¿Por qué truenos iba nadie a seguirme o vigilarme?

—Ahora hablaremos de eso. ¿No tiene usted nada más que contarnos antes de entrar en esta cuestión?

—Bueno, eso depende de lo que a usted le parezca digno de contarse.

—Me parece digno de contarse cualquier cosa que se salga de la rutina corriente.

Sir Henry sonrió.

—Todavía no sé gran cosa de la vida en Gran Bretaña, ya que he vivido sobre todo en Estados Unidos y en Canadá. Sin embargo, confío en que perder una bota no forme parte de la rutina de por aquí.

—¿Ha perdido usted una bota?

—Señor mío, debe de tratarse de una confusión —exclamó el doctor Mortimer—. La encontrará usted cuando vuelva al hotel. ¿Para qué molestar al señor Holmes con pequeñeces de esta especie?

—Bueno, él me ha preguntado por cualquier cosa que se saliera de la rutina.

—Exacto —dijo Holmes—, por trivial que pueda parecer el incidente. ¿Dice usted que ha perdido una bota?

—Bueno, o también puede ser una confusión. Anoche las dejé las dos delante de mi puerta, y esta mañana sólo había una. No pude sacar nada en claro del sujeto que las limpia. Lo peor de todo es que ese par lo había comprado anoche, en el Strand, y no me lo había llegado a poner.

—Si no se había puesto las botas, ¿por qué las dejó para que las limpiaran?

—Eran botas de cuero claro y les hacía falta una mano de betún. Por eso las dejé.

—Entonces, ¿debo entender que ayer, nada más llegar usted a Londres, salió a comprarse un par de botas?

—Hice bastantes compras. Me acompañó el doctor Mortimer, aquí presente. Verán ustedes, si he de hacer de hidalgo ahí abajo, deberé vestirme como tal. Tal vez me haya vuelto un poco descuidado en mi manera de vestir allá en el oeste. Compré, entre otras cosas, esas botas marrones (que me costaron seis dólares), y me robaron una aun antes de llegar a calzármelas.

—Parece un hurto notablemente inútil —dijo Sherlock Holmes—. He de reconocer que comparto la opinión del doctor Mortimer de que la bota que falta no tardará en aparecer.

—Y ahora, caballeros —dijo el noble con decisión—, me parece que ya he hablado bastante de lo poco que sé. Ya es hora de que cumplan ustedes su promesa y me hagan una relación completa de lo que hay detrás de todo esto.

—Lo que usted pide es muy razonable —respondió Holmes—. Doctor Mortimer, creo que lo mejor sería que relatara usted su historia tal como nos la contó a nosotros.

Ante esta invitación, nuestro amigo el científico se sacó los papeles del bolsillo y presentó todo el caso tal como lo había expuesto la mañana anterior. Sir Henry Baskerville escuchó con la atención más profunda. De cuando en cuando profería alguna exclamación de sorpresa.

—Vaya, parece ser que he recibido una herencia con penitencia —comentó cuando hubo concluido la larga narración—. Por supuesto, había oído hablar del perro desde los tiempos del jardín de infancia. Es el cuento favorito de la familia, aunque no se me había ocurrido nunca tomármelo en serio. En lo que se refiere a la muerte de mi tío... bueno, parece como si todo me bullera en la cabeza, y todavía no lo veo claro. Parece que ni ustedes mismos se ponen de acuerdo sobre si el caso hay que dejarlo en manos de un policía o de un clérigo.

—Exactamente.

—Y ahora llega este asunto de la carta que recibí en el hotel. Supongo que eso encaja en su lugar.

—Parece que demuestra que alguien sabe mejor que nosotros lo que pasa en el páramo —dijo el doctor Mortimer.

—Y también —añadió Holmes— que alguien no alberga malas intenciones hacia usted, ya que le advierte del peligro.

—O tal vez quiera hacerme huir, por algún motivo.

—Bueno, eso también es posible, desde luego. Debo agradecerle a usted enormemente, doctor Mortimer, que me haya dado a conocer un problema que presenta diversas posibilidades interesantes. No obstante, la cuestión práctica que debemos decidir ahora, sir Henry, es si resulta o no recomendable que vaya usted al palacio de Baskerville.

—¿Por qué no iba a ir?

—Parece ser que hay peligro.

—¿Quiere usted decir peligro por este demonio de la familia, o peligro por parte de seres humanos?

—Bueno, eso es lo que tenemos que descubrir.

—En cualquiera de los dos casos, mi decisión es firme. Señor Holmes, ningún diablo del infierno ni ningún hombre de la tierra me podrá impedir que vaya a la casa de los míos, y puede considerar usted que ésta es mi respuesta definitiva.

Al decir esto frunció las cejas oscuras y le subió a la cara un color rojo oscuro. Era evidente que el temperamento ardiente de los Baskerville no se había extinguido en el último representante de la familia.

—Mientras tanto —añadió—, apenas he tenido tiempo de pensar en todo lo que me han contado. Es mucho pedirle a un hombre que comprenda una situación y decida algo al respecto en una misma sesión. Me gustaría pasar un rato tranquilo a solas para decidirme. Mire, señor Holmes, son las once y media y me vuelvo ahora mismo a mi hotel. ¿Qué les parece si su amigo el doctor Watson y usted se vienen a almorzar con nosotros a las dos? Entonces podré decirles con mayor claridad la impresión que me produce todo esto.

—¿Le viene bien a usted, Watson?

—Perfectamente.

—Entonces pueden esperarnos. ¿Hago llamar un coche de punto?

—Preferiría ir a pie, pues este asunto me ha acalorado bastante.

—Lo acompañaré en su paseo con mucho gusto —dijo su compañero.

—Así pues, volveremos a vernos a las dos. ¡Hasta la vista, y buenos días!

Oímos los pasos de nuestros visitantes al bajar por la escalera y el golpe de la puerta de la calle. Al cabo de un instante, Holmes se había transformado de soñador lánguido en hombre de acción.

—¡Póngase el sombrero y las botas, Watson, aprisa! ¡No hay tiempo que perder!

Entró en su cuarto con la bata puesta y volvió a salir a los pocos segundos vestido con su levita. Bajamos la escalera juntos a la carrera y salimos a la calle. Aún se veía al doctor Mortimer y Baskerville a unas doscientas yardas por delante de nosotros, camino de Oxford Street.

—¿Quiere que me adelante corriendo y los alcance?

—Por nada del mundo, mi querido Watson. Me basta con la compañía de usted, si es que usted tolera la mía. Nuestros amigos hacen bien; ciertamente, hace una mañana muy bonita para dar un paseo.

Avivó el paso hasta que hubimos reducido a cerca de la mitad la distancia que nos separaba. Después, manteniéndonos a cien yardas por detrás de ellos, los seguimos hasta Oxford Street y bajamos después por Regent Street. Nuestros amigos se detuvieron una vez a mirar un escaparate, y Holmes hizo entonces otro tanto. Un instante después soltó una leve exclamación de agrado y, siguiendo la dirección de sus ojos ávidos, vi que un coche de punto en el que había un pasajero, y que se había detenido al otro lado de la calle, volvía a avanzar despacio.

—¡Ahí está nuestro hombre, Watson! ¡Vamos! Le echaremos una buena ojeada, aunque no podamos hacer más.

En ese momento percibí una barba negra y crespa y un par de ojos penetrantes que se clavaban en nosotros por la ventanilla lateral del coche de punto. La trampilla superior se abrió al instante, le gritaron algo al cochero, y el coche se puso en marcha a toda velocidad bajando por Regent Street. Holmes buscó otro con denuedo, pero no había a la vista ninguno libre. Después emprendió una loca persecución a pie entre el tumulto del tráfico, pero el coche de punto había tomado demasiada ventaja y ya se había perdido de vista.

—¡Y bien! —dijo Holmes con amargura cuando salió de entre la corriente de vehículos, jadeante y pálido por la contrariedad—. ¿Habráse visto nunca tan mala suerte, y tan mala maña también? ¡Watson, Watson, si es usted honrado, también dará fe de esto y lo anotará como contrapartida de mis éxitos!

—¿Quién era ese hombre?

—No tengo idea.

—¿Un espía?

—Bueno, de lo que hemos oído contar se desprende claramente que alguien ha seguido muy de cerca a Baskerville desde la llegada de éste a la capital. De lo contrario, ¿cómo podrían haberse enterado tan pronto de que había decidido alojarse en el Hotel Northumberland? Supuse que, si lo habían seguido el primer día, lo seguirían también el segundo. Quizá observara usted que me acerqué a la ventana en dos ocasiones mientras el doctor Mortimer leía su leyenda.

—Sí, lo recuerdo.

—Buscaba a alguien que rondara por la calle, pero no vi a nadie. Nos enfrentamos a un hombre inteligente, Watson. Esta cuestión cala muy hondo y, si bien no he terminado de decidir si la entidad que está en contacto con nosotros es benévola o malévola, siempre soy consciente de la presencia del poder y de la intencionalidad. Cuando nuestros amigos salieron, los seguí enseguida con la esperanza de localizar a su seguidor invisible. Era tan astuto que no se había aventurado a ir a pie, sino que se había provisto de un coche de punto para poder seguirlos despacio o adelantarlos sin que advirtieran su presencia. Su método tenía la ventaja añadida de que, si ellos tomaban un coche, él estaba preparado para seguirlos. No obstante, tiene una desventaja evidente.

—Lo deja en manos del cochero.

—Exactamente.

—¡Lástima que no tomásemos el número!

—¡Mi querido Watson, con todo lo torpe que he sido, no se imaginará usted en serio que dejé de tomar el número! Nuestro hombre es el 2.704. Pero esto no nos sirve de momento.

—No se me alcanza qué más podría haber hecho usted.

—Al observar el coche de punto debería haberme vuelto atrás al instante y haberme puesto a caminar en sentido contrario. Entonces habría tomado tranquilamente un segundo coche de punto y habría seguido al primero a distancia prudencial; o, mejor todavía, habría ido en el coche al hotel Northumberland y habría esperado allí. Cuando nuestro desconocido hubiera seguido a Baskerville hasta su casa, habríamos tenido la ocasión de aplicarle su propio juego y ver adónde se dirigía. Sin embargo, una impaciencia indiscreta, que nuestro adversario ha aprovechado con viveza y energía extraordinaria, nos ha descubierto y nos ha hecho perder a nuestro hombre.

Mientras manteníamos esta conversación bajábamos por Regent Street a paso tranquilo. Hacía un buen rato que el doctor Mortimer y su compañero se habían perdido de vista por delante de nosotros.

—Ya no sirve de nada que los sigamos —dijo Holmes—. La sombra se ha marchado y no volverá. Debemos ver qué otras cartas tenemos en las manos y jugarlas con decisión. ¿Sería usted capaz de reconocer la cara de ese hombre bajo juramento?

—Sólo podría reconocer la barba.

—Lo mismo me pasa a mí... De lo que deduzco que lo más seguro es que fuera postiza. A un hombre inteligente que emprende una misión tan delicada no le interesa llevar barba más que para ocultar sus rasgos. ¡Entremos aquí, Watson!

Pasó a una oficina de mensajería del distrito, cuyo director lo recibió efusivamente.

—¡Ah, Wilson, veo que no ha olvidado usted aquel caso sin importancia en que tuve la fortuna de poder ayudarlo!

—No, señor, desde luego que no lo he olvidado. Salvó usted mi honor, y me salvó quizá la vida.

—Exagera usted, señor mío. Creo recordar, Wilson, que entre sus muchachos tenía a un chico llamado Cartwright que dio algunas muestras de capacidad durante la investigación.

—Sí, señor, sigue con nosotros.

—¿Haría usted el favor de llamarlo? ¡Gracias! Y le agradecería que me cambiara este billete de cinco libras.

Un muchacho de catorce años con cara de listo y atento había acudido a la llamada del director. Se quedó mirando al célebre detective con gran veneración.

—Déjeme la guía de hoteles —dijo Holmes—. ¡Gracias! Ahora bien, Cartwright, aquí tienes los nombres de veintitrés hoteles, todos ellos en las proximidades de Charing Cross. ¿Los ves?

—Sí, señor.

—Los visitarás todos sucesivamente.

—Sí, señor.

—En cada caso empezarás dándole al portero un chelín. Aquí tienes veintitrés chelines.

—Sí, señor.

—Le dirás que quieres ver los desperdicios de las papeleras de ayer. Dirás que se ha perdido un telegrama importante y que lo estás buscando. ¿Comprendido?

—Sí, señor.

—Pero lo que buscarás de verdad serán las páginas centrales del *Times* con unos agujeros recortados con tijeras. Aquí tienes un ejemplar del *Times*. Se trata de esta página. La reconocerás fácilmente, ¿no es así?

—Sí, señor.

—En cada caso, el portero hará llamar al recepcionista, a quien le darás otro chelín. Aquí tienes veintitrés chelines. Acto seguido, en veinte casos de los veintitrés quizá, te dirán que los desperdicios del día anterior ya se han quemado o se han retirado. En otros tres casos te enseñarán un montón de papel y buscarás en él esta página del *Times*. Las probabilidades de que no la encuentres son enormes. Aquí tienes diez chelines más para emergencias. Envíame un informe por telegrama a Baker Street antes de la noche. Y ahora, Watson, sólo nos queda enterarnos por telegrama de la identidad del cochero del coche de punto número 2.704, y después nos dejaremos caer en alguna galería de arte de Bond Street para pasar el rato hasta nuestra cita en el hotel.

CAPÍTULO V

TRES HILOS ROTOS

Sherlock Holmes tenía en grado muy notable la capacidad de apartar la atención a voluntad. Durante dos horas pareció como si hubiera olvidado el extraño asunto en que habíamos participado y se absorbió por completo en los cuadros de los maestros belgas modernos. No habló más que de arte, del que tenía ideas muy rudimentarias, desde que salimos de la galería hasta que nos encontramos en el Hotel Northumberland.

—Sir Henry Baskerville los espera arriba —les informó el recepcionista—. Me pidió que les hiciera subir en cuanto llegasen.

—¿Tiene inconveniente usted en que consulte su registro? —rogó Holmes.

—En absoluto.

Se habían añadido dos nombres en el libro después del de Baskerville. Uno era el de Theophilus Johnson y familia, de Newcastle; el otro, el de la señora Oldmore y doncella, de High Lodge, Alton.

—Debe de tratarse del mismo Johnson a quien conozco —le dijo Holmes al recepcionista—. ¿Es abogado, de pelo cano y cojea al andar?

—No, señor; este señor Johnson es propietario de minas de carbón, un caballero muy ágil que no tendrá más edad que usted.

—¿No se equivocará usted respecto de su profesión?

—¡No, señor! Viene a este hotel desde hace muchos años, y lo conocemos muy bien.

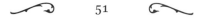

—Ah, entonces queda claro. Y también está la señora Oldmore. El nombre me suena. Dispense usted mi curiosidad, pero al visitar a un amigo se suele encontrar uno con otro.

—Es una dama inválida, señor. Su marido fue alcalde de Gloucester. Siempre se aloja con nosotros cuando viene a la capital.

—Gracias. Me temo que no tengo el gusto de conocerla. Con estas preguntas hemos dejado sentado un dato muy importante, Watson —añadió en voz baja mientras subíamos juntos—. Ya sabemos que las personas que se interesan tanto por nuestro amigo no se han alojado en su mismo hotel. Esto significa que, si bien están muy deseosos de vigilarlo, tal como hemos visto, están igualmente deseosos de que él no los vea. Y bien, este dato es muy indicativo.

—¿Qué es lo que indica?

—Indica... ¡Caramba, amigo mío! ¿Qué sucede?

Al llegar al descansillo de la escalera nos habíamos topado con sir Henry Baskerville en persona. Tenía la cara roja de ira y sostenía en una mano una bota vieja y polvorienta. Estaba tan furioso que apenas podía articular palabra, y cuando llegó a hablar lo hizo con un acento mucho más cerrado y más propio del oeste que el que le habíamos oído aquella mañana.

—Me parece que en este hotel me han tomado por idiota —exclamó—. Pues si no se andan con ojo, van a descubrir que están tomando el pelo a quien no deben. Truenos, como ese tipo no encuentre la bota que me falta, aquí va a pasar algo gordo. Aguanto las bromas como el que más, señor Holmes, pero esta vez se han pasado un poco de la raya.

—¿Sigue usted buscando su bota?

—Sí, señor, y pienso encontrarla.

—Pero ¿no dijo usted que era una bota marrón nueva?

—Y lo era, señor. Y ahora es una bota negra vieja.

—¡Cómo! ¿No me dirá usted...?

—Eso mismo es lo que le digo. Yo sólo tenía tres pares de botas: las marrones nuevas, las negras viejas y las de charol, que llevo puestas ahora mismo. Anoche me quitaron una de las marrones, y hoy me han birlado una de las negras. Y bien, ¿la tienes? ¡Habla, hombre, no te quedes ahí pasmado!

Había aparecido un criado alemán nervioso.

—No, señor; he preguntado por todo el hotel, pero no me han dado noticias.

—Pues bien, si esa bota no aparece antes de la puesta del sol, iré a hablar con el gerente y le diré que me largo inmediatamente de este hotel.

—Se encontrará, señor. Le prometo a usted que se encontrará, si tiene usted un poco de paciencia.

—Procura que así sea, pues será la última cosa mía que pienso perder en esta cueva de ladrones. Bueno, bueno, señor Holmes, disculpe usted que lo haya molestado con esta fruslería...

—Me parece que bien merece molestarse por ella.

—Vaya, parece que se lo toma usted muy en serio.

—¿Qué explicación le da usted?

—No intento darle ninguna explicación. Me parece la cosa más loca y más extraña que me ha pasado en la vida.

—Puede que sea la más extraña... —asintió Holmes, pensativo.

—¿Cómo lo entiende usted?

—Bueno, no pretendo entenderlo todavía. Este caso suyo es muy complejo, sir Henry. Si se le añade la muerte de su tío, no sé si entre los quinientos casos de importancia capital de los que me he ocupado ha existido alguno tan profundo. Sin embargo, tenemos varios hilos en las manos, y lo más probable es que alguno de ellos nos conduzca a la verdad. Es posible que perdamos tiempo siguiendo un hilo equivocado, pero tarde o temprano daremos con el bueno.

Tomamos un almuerzo agradable en cuyo transcurso se habló poco del asunto que nos había reunido. Sólo más tarde, cuando nos retiramos al salón privado, Holmes preguntó a Baskerville por sus intenciones.

—Iré al palacio de Baskerville.

—¿Cuándo?

—A finales de semana.

—A grandes rasgos, su decisión me parece prudente —dijo Holmes—. Tengo amplias pruebas de que le están siguiendo los pasos en Londres, y es difícil descubrir, entre los millones de habitantes de esta ciudad, quiénes

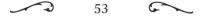

son esas personas o cuál es su objetivo. Si sus intenciones son malas, podrían hacerle daño sin que nosotros pudiésemos hacer nada por impedirlo. ¿Sabía usted, doctor Mortimer, que esta mañana los siguieron al salir de mi casa?

El doctor Mortimer dio un respingo violento.

—¡Que nos siguieron! ¿Quién?

—Por desgracia, no soy capaz de decírselo. ¿Hay, entre sus vecinos o conocidos de Dartmoor, algún hombre de barba negra y poblada?

—No... O, espere... Vaya, pues sí. Barrymore, el mayordomo de sir Charles, es un hombre de barba negra y poblada.

—¡Ajá! ¿Dónde está Barrymore?

—Está en el palacio, ocupándose de todo.

—Será mejor que nos aseguremos de que está allí de verdad, o de si pudiera estar en Londres de alguna manera.

—¿Cómo lo hará?

—Alcánceme un impreso de telegrama. «¿Está todo dispuesto para sir Henry?» Con esto bastará. Dirigido al señor Barrymore, palacio de Baskerville. ¿Cuál es la oficina de telégrafos más cercana? La de Grimpen. Muy bien; enviaremos un segundo telegrama dirigido al jefe de correos de Grimpen: «Entréguese en mano el telegrama para el señor Barrymore. Caso de ausencia, ruégase envíe telegrama a sir Henry Baskerville, Hotel Northumberland». Así sabremos antes de la noche si Barrymore está o no en su puesto en el condado de Devon.

—Así es —dijo Baskerville—. Por cierto, doctor Mortimer, ¿quién es ese Barrymore, en todo caso?

—Es hijo del guarda anterior, que ya murió. Llevan cuatro generaciones cuidando del palacio. Que yo sepa, su mujer y él son un matrimonio tan respetable como el que más de todo el condado.

—Al mismo tiempo —dijo Baskerville—, está bastante claro que mientras no haya en el palacio ningún miembro de la familia, esas personas tienen una casa estupenda y ningún trabajo.

—Eso es cierto.

—¿Salió beneficiado Barrymore en el testamento de sir Charles? —preguntó Holmes.

—Su esposa y él recibieron quinientas libras cada uno.

—¡Ajá! ¿Sabían que percibirían esta cantidad?

—Sí; sir Charles era muy dado a hablar de las partidas de su testamento.

—Eso es muy interesante.

—Espero que no sospeche de todos los que recibieron un legado de sir Charles —dijo el doctor Mortimer—, pues a mí también me dejó mil libras.

—¡No me diga! ¿Y a alguien más?

—Había muchas mandas de poca importancia a diversos particulares y un gran número de obras benéficas públicas. El resto fue todo para sir Henry.

—¿Y cuánto era el resto?

—Setecientas cuarenta mil libras.

Holmes enarcó las cejas en un gesto de sorpresa.

—No tenía idea de que se tratara de una suma tan enorme —confesó.

—Sir Charles tenía fama de rico, pero no llegamos a saber cuán rico era hasta que examinamos su cartera de valores. El valor total de sus bienes se aproximaba al millón.

—¡Diantre! Un hombre bien puede correr riesgos desesperados estando en juego semejante premio. Y, doctor Mortimer, una pregunta más. Suponiendo que le pasara algo a nuestro joven amigo aquí presente (¡dispense usted esta hipótesis tan desagradable!), ¿quién heredaría los bienes?

—Como Rodger Baskerville, el hermano menor de sir Charles, murió soltero, los bienes pasarían a los Desmond, que son unos primos lejanos. James Desmond es un clérigo anciano que reside en Westmoreland.

—Gracias. Todos estos detalles tienen gran interés. ¿Conoce usted al señor James Desmond?

—Sí. Vino una vez a visitar a sir Charles. Es hombre de aspecto venerable y vida religiosa. Recuerdo que se negó a aceptar compensación alguna por parte de sir Charles, a pesar de que éste insistía en entregársela.

—¿Y este hombre de costumbres austeras heredaría los miles de libras de sir Charles?

—Sería heredero de las fincas, ya que son un mayorazgo vinculado. También heredaría el dinero si no dispone otra cosa en su testamento su propietario actual, quien, por supuesto, puede hacer lo que quiera con él.

—¿Y ha hecho usted testamento, sir Henry?

—No, señor Holmes, no lo he hecho. No he tenido tiempo, pues sólo ayer me enteré de la situación. Sin embargo, me parece, en todo caso, que el dinero debe ir con el título y las fincas. Así lo creía mi pobre tío. ¿Cómo va a restaurar la gloria de los Baskerville el propietario si no tiene dinero suficiente para el mantenimiento de la propiedad? La casa, las tierras y los dólares deben ir juntos.

—Desde luego. Pues bien, sir Henry, comparto su opinión de que es recomendable que vaya usted a Devon sin demora. Sólo debo hacer una provisión. No debe ir usted solo de ninguna manera.

—El doctor Mortimer regresa conmigo.

—Pero el doctor Mortimer tiene que atender a sus pacientes, y su casa está a varias millas de la de usted. Aunque pusiera toda la buena voluntad del mundo, no podría ayudarlo. No, sir Henry, debe llevarse usted consigo a alguien, a un hombre de confianza que esté siempre a su lado.

—¿Sería posible que viniera usted, señor Holmes?

—Procuraré acudir en persona si se produce alguna crisis; pero entenderá usted que, con mi amplia actividad profesional y con las solicitudes que no dejo de recibir por doquier, me es imposible ausentarme de Londres por tiempo indefinido. En estos momentos, un chantajista está a punto de manchar uno de los nombres más venerados de Inglaterra, y sólo yo puedo evitar un escándalo desastroso. Ya ve usted cuán imposible me resulta ir a Dartmoor.

—¿A quién me recomendaría usted, entonces?

Holmes me puso la mano en el brazo.

—Si mi amigo estuviera dispuesto, no hay compañía mejor que la suya en un apuro. Nadie lo puede decir con más conocimiento de causa que yo.

Aquella propuesta me pilló completamente por sorpresa, pero antes de que me hubiera dado tiempo a responder, Baskerville tomó mi mano y me la estrechó enérgicamente.

—Vaya, sí que es amable por su parte, doctor Watson —me dijo—. Ya ve usted la situación en que me encuentro, y usted conoce ya el caso tan bien como yo. Si se viene conmigo al palacio de Baskerville y me acompaña hasta que haya terminado todo esto, no lo olvidaré jamás.

A mí siempre me ha fascinado la perspectiva de correr aventuras, y las palabras de Holmes y el interés con que el noble me recibía como compañero me halagaban.

—Iré con mucho gusto —dije—. No se me ocurre otra labor más provechosa a la que dedicarme.

—Y me enviará informes muy detallados —le recordó Holmes—. Cuando la situación sea crítica, como sucederá, yo le indicaré lo que deben hacer. ¿Supongo que todo puede estar dispuesto para el sábado?

—¿Le conviene al doctor Watson?

—Por supuesto.

—Entonces, el sábado, si no reciben aviso en sentido contrario, nos veremos en el tren de las diez treinta de la estación de Paddington.

Nos habíamos levantado para marcharnos cuando Baskerville profirió una exclamación triunfal y, agachándose en un rincón de la habitación, sacó de debajo de un armario una bota marrón.

—¡La bota que me faltaba! —exclamó.

—¡Ojalá se resuelvan de manera tan satisfactoria todas nuestras dificultades! —dijo Sherlock Holmes.

—Pero esto es muy singular —observó el doctor Mortimer—. Yo registré con cuidado esta habitación antes de almorzar.

—Y yo también —dijo Baskerville—. Palmo a palmo.

—No había ninguna bota entonces, con toda seguridad.

—En tal caso, el criado debió de dejarla allí mientras almorzábamos.

Se hizo acudir al alemán, pero éste aseguró no saber nada de la cuestión, que no se pudo aclarar en modo alguno. Se había añadido un elemento más a la lista constante, sin sentido aparente, de pequeños misterios que se habían sucedido con tanta rapidez. Aparte de la triste historia de la muerte de sir Charles, en sólo dos días se había producido una serie de incidentes inexplicables: la llegada de la carta en letras de molde, el espía de barba negra del coche de punto, la pérdida de la bota marrón nueva, la pérdida de la bota negra vieja, y ahora la reaparición de la bota marrón nueva. Holmes guardó silencio en el coche que nos llevaba a Baker Street, y su frente contraída y su cara de atención me dieron a entender que su mente, al igual que la mía, se esforzaba por trazar alguna explicación en que pudieran encajar todos estos episodios extraños y aparentemente inconexos. Se pasó toda la tarde y hasta bien entrada la noche sumido en el tabaco y en sus reflexiones.

Poco antes de cenar, nos entregaron dos telegramas. El primero decía:

«Acabo de enterarme de que Barrymore está en el palacio. Baskerville».

El segundo: «Visitados veintitrés hoteles según instrucciones. Imposible localizar página recortada del *Times*. Cartwright».

—Dos de mis hilos, perdidos, Watson. Nada más estimulante que un caso en el que todo sale mal. Debemos ponernos a buscar otro rastro.

—Todavía nos queda el cochero que llevó al espía.

—Exactamente. Había solicitado su nombre y dirección por telegrama al Registro Oficial. No me extrañaría que ésta fuera la respuesta a mi pregunta.

Lo que había anunciado el campanillazo era, no obstante, algo todavía más satisfactorio que una respuesta, pues se abrió la puerta y entró un sujeto de aspecto rudo que era, evidentemente, el hombre en persona.

—En la oficina me han dicho que un caballero preguntaba por el número 2.704 en esta dirección —dijo—. Hace siete años que llevo mi coche sin recibir queja. Me he venido directamente de las cocheras para preguntarle cara a cara qué tiene usted que reprocharme.

—No tengo nada que reprocharle en absoluto, buen hombre —lo aplacó Holmes—. Al contrario: tengo medio soberano para usted si responde con claridad a lo que voy a preguntarle.

—Vaya, sí que he tenido hoy buen día, no se puede negar —dijo el cochero con una sonrisa—. ¿Qué era lo que quería preguntarme usted, señor?

—En primer lugar, su nombre y dirección, por si tengo necesidad de acudir a usted otra vez.

—John Clayton, Turpey Street, 3, Borough. Mi coche es de la cochera de Shipley, cerca de la estación de Waterloo.

Sherlock Holmes tomó nota de esos datos.

—Ahora, Clayton, cuénteme todo lo relativo al pasajero que vino a vigilar esta casa a las diez de esta mañana y que siguió después a dos caballeros por Regent Street.

El hombre pareció sorprendido y algo desazonado.

—Caramba, no hace falta que le cuente a usted nada, parece que ya sabe tanto como yo —dijo—. La verdad es que el caballero me dijo que era detective y que yo no debía decirle nada sobre él a nadie.

—Buen hombre, este asunto es muy grave y puede que se encuentre usted en mala situación si intenta ocultarme algo. ¿Dice que su pasajero le aseguró que era detective?

—Sí, así fue.

—¿Cuándo le dijo esto?

—Cuando me dejó.

—¿Dijo algo más?

—Me dio su nombre.

Holmes me echó una rápida mirada triunfal.

—Ah, de modo que le dio su nombre, ¿eh? Una imprudencia por su parte. ¿Y qué nombre le dio?

—Se llamaba Sherlock Holmes —respondió el cochero.

No he visto jamás a mi amigo más estupefacto que como lo dejó la respuesta del cochero. Se quedó un momento callado e inmóvil de asombro. Después soltó una alegre carcajada.

—Tocado, Watson: ¡me ha tocado, es innegable! —dijo—. Percibo un florete tan ágil y veloz como el mío. Esta vez me ha llegado al cuerpo muy bien. De modo que se llamaba Sherlock Holmes, ¿no es así?

—Sí, señor, así se llamaba el caballero.

—¡Excelente! Cuénteme usted dónde lo tomó y todo lo que pasó.

—Me llamó a las nueve y media en Trafalgar Square. Me dijo que era detective y me ofreció dos guineas si yo hacía exactamente lo que me pidiera durante todo el día sin hacerle preguntas. Accedí de buena gana. Primero bajamos al Hotel Northumberland y esperamos allí hasta que salieron dos caballeros y tomaron un coche de punto. Seguimos a su coche hasta que paró por aquí cerca.

—En esta misma puerta —aclaró Holmes.

—Bueno, yo no podía saberlo con seguridad, pero me parece que mi pasajero estaba bien al corriente de todo. Nos detuvimos hacia la mitad de la calle y nos pasamos una hora y media esperando. Después pasaron a nuestro lado los dos caballeros, a pie, y los seguimos por Baker Street y por...

—Lo sé —dijo Holmes.

—Hasta que hubimos bajado las tres cuartas partes de Regent Street. Entonces, mi caballero levantó la trampilla y me gritó que fuera a la estación de Waterloo todo lo deprisa que pudiera. Arreé a la yegua y llegamos allí en menos de diez minutos. Entonces me pagó las dos guineas, como los buenos, y entró en la estación. Sólo que, cuando ya se marchaba, se volvió y me dijo: «Quizá le interese saber que ha llevado en su coche al señor Sherlock Holmes». Así fue como me enteré de su nombre.

—Ya veo. ¿Y no lo vio más?

—No, desde que entró en la estación.

—¿Y cómo describiría usted al señor Sherlock Holmes?

El cochero se rascó la cabeza.

—Bueno, no era un caballero fácil de describir en general. Yo le echaría cuarenta años de edad, y era mediano de estatura; dos o tres pulgadas más bajo que usted, señor. Iba vestido de señorito y tenía barba negra, recortada en cuadro, y tenía la cara pálida. No sé si podría decirle más que esto.

—¿De qué color tenía los ojos?

—No, no se lo sabría decir.

—¿No recuerda nada más?

—No, señor, nada.

—Muy bien, pues; aquí tiene su medio soberano. Hay otro esperándole si puede traer más información. ¡Buenas noches!

—¡Buenas noches, señor, y muchas gracias!

John Clayton se marchó muy contento, y Holmes se volvió hacia mí encogiéndose de hombros y con sonrisa de resignación.

—Nuestro tercer hilo se ha roto y terminamos donde habíamos empezado —dijo—. ¡Qué canalla tan astuto! Sabía el número de nuestra casa, sabía que sir Henry Baskerville me había consultado, me reconoció en Regent

Street, conjeturó que había tomado el número del coche y que localizaría al cochero, y por eso me transmitió este mensaje audaz. Le digo, Watson, que esta vez tenemos un enemigo digno de nuestro acero. En Londres me han dado jaque mate. Sólo puedo desearle que tenga usted mejor suerte en Devon. Pero no me quedo tranquilo con esto.

—¿Con qué?

—Con enviarlo a usted. Es un asunto feo, Watson, un asunto feo y peligroso, y, cuanto más lo miro, menos me gusta. Sí, mi querido amigo, ríase usted si quiere, pero le doy mi palabra de que me alegraré mucho cuando lo vea volver sano y salvo a Baker Street.

CAPÍTULO VI

EL PALACIO DE LOS BASKERVILLE

Sir Henry Baskerville y el doctor Mortimer estaban listos el día acordado y emprendimos viaje hacia Devon tal como habíamos dispuesto. El señor Sherlock Holmes me acompañó en coche a la estación y me impartió sus últimas instrucciones y consejos.

—No quiero meterle a usted ideas preconcebidas en la cabeza sugiriéndole teorías ni sospechas, Watson —me dijo—; lo único que quiero es que me informe de los hechos de la manera más completa que pueda, y ya me encargaré yo de teorizar.

—¿Qué clase de datos? —le pregunté.

—Cualquier cosa que parezca tener alguna repercusión sobre el caso, por indirecta que sea, y sobre todo las relaciones entre el joven Baskerville y sus vecinos, o cualquier detalle nuevo acerca de la muerte de sir Charles. He hecho algunas pesquisas por mi cuenta en los últimos días, pero me temo que los resultados han sido negativos. Sólo hay una cosa que parece segura: que el señor James Desmond, el próximo heredero, es un caballero anciano de carácter muy bondadoso, de modo que esta persecución no es obra suya. Creo, en verdad, que podemos eliminarlo por completo de nuestros cálculos. Nos quedan las personas que vivirán en las proximidades de sir Henry Baskerville, en el páramo.

—¿No sería mejor empezar por quitarse de encima a ese tal Barrymore y esposa?

—De ninguna manera. Sería el mayor error imaginable. Si son inocentes, sería cometer una injusticia cruel, y si son culpables, supondría renunciar a toda posibilidad de demostrarlo. No, no, los mantendremos en nuestra lista de sospechosos. En el palacio hay también un mozo de cuadra, si no recuerdo mal. Hay dos granjas en el páramo. Está nuestro amigo, el doctor Mortimer, a quien considero completamente sincero, y su esposa, de la que no sabemos nada. Está ese naturalista, Stapleton, y su hermana, de la cual se dice que es una joven atractiva. Está el señor Frankland, del palacio de Lafter, que es también un factor desconocido, y hay uno o dos vecinos más. Éstas son las personas que habrán de ser objeto especial de su estudio.

—Haré todo lo que pueda.

—¿Va armado, supongo?

—Sí, me pareció conveniente llevar armas.

—Desde luego que sí. Tenga usted a mano su revólver día y noche y no relaje jamás sus precauciones.

Nuestros amigos habían reservado ya un compartimento de primera clase y nos esperaban en el andén.

—No, no tenemos novedades de ninguna clase —dijo el doctor Mortimer en respuesta a las preguntas de mi amigo—. De una cosa sí puedo dar fe, y es de que no nos han seguido en los dos últimos días. Hemos estado muy atentos siempre que hemos salido, y nadie podría habérsenos pasado por alto.

—¿Han ido siempre juntos, supongo?

—Salvo ayer por la tarde. Cuando vengo a la capital, suelo dedicar un día al esparcimiento, y lo pasé en el Museo del Colegio de Médicos.

—Y yo fui a ver a la gente en el parque —dijo Baskerville.

—Pero no tuvimos inquietudes de ninguna clase.

—Fue una imprudencia, en todo caso —dijo Holmes, que sacudió la cabeza y se puso muy serio—. Sir Henry, le ruego que no salga solo. De lo contrario, le sucederá una gran desgracia. ¿Recuperó usted la otra bota?

—No, señor, ha desaparecido para siempre.

—Ya veo. Es muy interesante. Bueno —añadió cuando el tren empezó a deslizarse por el andén—, tenga usted presente, sir Henry, las palabras de la extraña leyenda antigua que nos ha leído el doctor Mortimer y evite el páramo en esas horas oscuras en que se exaltan los poderes del mal.

Volví la vista hacia el andén cuando lo habíamos dejado muy atrás y divisé la figura alta y austera de Holmes, quien, de pie e inmóvil, nos veía alejarnos.

El viaje fue rápido y agradable, y lo pasé intimando más con mis dos compañeros y jugando con el spaniel del doctor Mortimer. Al cabo de muy pocas horas, la tierra parda se había vuelto roja, las construcciones de ladrillo habían dejado paso a las de granito, y unas vacas rojas pastaban en prados con buenos setos vivos, en una región de ricos pastos y vegetación más exuberante, propia de un clima más rico, aunque más húmedo. El joven Baskerville miraba por la ventanilla con interés y soltaba exclamaciones de agrado al reconocer los elementos familiares del paisaje de Devon.

—He corrido mucho mundo desde que salí de aquí, doctor Watson —dijo—, pero no he visto jamás ningún lugar que se le pueda comparar.

—No he conocido a ningún natural de Devon que no pusiera su tierra por encima de todas —observé.

—Depende de la raza tanto como de la región —explicó el doctor Mortimer—. En nuestro amigo aquí presente se descubre a primera vista la cabeza redondeada del celta, que lleva dentro el entusiasmo y la capacidad de apego del celta. El pobre sir Charles tenía la cabeza de un tipo muy raro, de características mitad gaélicas, mitad hibernianas. Pero usted era muy joven la última vez que vio el palacio de Baskerville, ¿no es así?

—Cuando murió mi padre yo no había cumplido los veinte años y no había visto nunca el Palacio, pues mi padre vivía en una casita de la costa del sur. De allí me fui directamente a vivir con un amigo de América. Puedo decirle que todo es tan nuevo para mí como lo es para el doctor Watson y que espero con gran impaciencia ver el páramo.

—Ah, ¿sí? Entonces su deseo será fácil de satisfacer, pues aquí tiene su primera visión del páramo —dijo el doctor Mortimer, señalando por la ventanilla del vagón.

Sobre los cuadros verdes de los campos y la curva baja de un bosque, se alzaba a lo lejos una colina triste, gris y melancólica de cumbre extraña,

quebrada, tenue y borrosa a lo lejos, como el paisaje fantástico de un sueño. Baskerville pasó largo rato con los ojos clavados en ella, y leí en su cara de interés cuánto significaba para él aquella primera visión del lugar extraño donde los hombres de su sangre habían ejercido el poder durante tanto tiempo dejando tan honda huella. Aunque lo veía allí sentado, con su traje de *tweed* y su acento americano, en el rincón de un prosaico vagón de ferrocarril, al observar su cara oscura y expresiva advertí mejor que nunca cuán legítimo descendiente era de aquella larga estirpe de hombres bravos, ardorosos y dominantes. Se veían el orgullo, la valentía y la fuerza en sus cejas anchas, su nariz de aletas sensibles y sus ojos grandes de color avellana. Si debíamos afrontar una misión difícil y peligrosa en aquel páramo inhóspito, allí tenía, al menos, un camarada con el que se podía uno aventurar a asumir un riesgo, con la certidumbre de que él lo compartiría con valor.

El tren se detuvo en una estación pequeña y secundaria, y nos apeamos todos. Fuera, tras la valla blanca de poca altura, nos esperaba una tartana con un par de jacas. Nuestra llegada era un gran acontecimiento, evidentemente, pues tanto el jefe de estación como los mozos de cuerda se apiñaron a nuestro alrededor para sacar nuestro equipaje. Aquel lugar rústico era sencillo y encantador, pero observé con sorpresa que montaban guardia ante la puerta dos soldados de uniforme oscuro que, apoyados en sus fusiles cortos, nos miraron con atención cuando pasamos. El cochero, un hombre pequeño, nudoso y de facciones duras, saludó a sir Henry Baskerville, y al cabo de pocos minutos rodábamos ligeros por la carretera ancha y blanca. Los prados ondulados ascendían a ambos lados, y entre la espesa vegetación verde se asomaban casas antiguas con tejados a dos aguas; pero tras el campo apacible e iluminado por el sol se alzaba siempre, oscura contra el sol del atardecer, la curva larga y tenebrosa del páramo, interrumpida por las colinas quebradas y siniestras.

La tartana entró por un camino secundario y ascendimos trazando curvas por pistas hondas, desgastadas por las ruedas de siglos, con altos taludes a ambos lados, cargados de musgo empapado y helechos de lengua cervina. Los helechos que tomaban el color del bronce y las zarzas jaspeadas brillaban a la luz del sol poniente. Siempre ascendiendo, cruzamos un puente estrecho de granito y bordeamos un arroyo ruidoso que se despeñaba veloz, espumando y rugiendo entre las rocas grises. El camino y el arroyo subían serpenteando por un valle con espeso bosque de chaparros y abetos. Baskerville profería a cada paso una nueva exclamación de agrado, mirando con interés a todas partes y haciendo incontables preguntas. A él le parecía todo hermoso, pero para mí el paisaje estaba teñido de melancolía con las señales claras del otoño. Los caminos estaban cubiertos de una alfombra de hojas amarillas que nos caían encima revoloteando a nuestro paso. El traqueteo de las ruedas de nuestro carruaje se amortiguaba al pasar entre restos de vegetación en descomposición, tristes obsequios que presentaba la naturaleza, según me pareció a mí, ante el coche del heredero de los Baskerville, que regresaba a su hogar.

—¡Hola! —exclamó el doctor Mortimer—. ¿Qué es esto?

Teníamos delante una curva empinada de tierra revestida de brezo, espolón avanzado del páramo. En la cumbre, claro y recortado como una estatua ecuestre sobre su pedestal, estaba un soldado a caballo, serio y sombrío, con la tercerola terciada sobre el brazo. Vigilaba el camino que seguíamos nosotros.

—¿Qué es esto, Perkins? —preguntó el doctor Mortimer.

Nuestro cochero se volvió a medias en su asiento.

—Se ha fugado un preso de Princetown, señor. Ya lleva suelto tres días, y los guardias vigilan todos los caminos y todas las estaciones, pero todavía no lo han visto. A los campesinos de por aquí no les gusta, señor, desde luego que no.

—Bueno, tengo entendido que se ganan una recompensa de cinco libras si pueden dar alguna información.

—Sí, señor, pero ¿qué son cinco libras contra la posibilidad de que le corten el cuello a uno? Verá usted, es que no se trata de un preso corriente. Este hombre es capaz de cualquier cosa.

—¿Quién es, pues?

—Es Selden, el asesino de Notting Hill.

Yo recordaba bien el caso, pues Holmes se había interesado por él a causa de la especial ferocidad del crimen y de la brutalidad inhumana que había caracterizado todos los actos del asesino. Se le había conmutado la pena de muerte por dudarse de que el acusado estuviera en su sano juicio, debido a la atrocidad misma de su conducta. Nuestra tartana había llegado a lo alto de una cuesta y se abría ante nosotros la extensión inmensa del páramo, salpicada de tolmos y oteros retorcidos y pedregosos. Llegaba de él un viento frío que nos hizo temblar. Allí, en alguna parte de aquella llanura desolada, acechaba aquel hombre demoniaco, oculto en una madriguera como una bestia salvaje, con el corazón lleno de maldad contra toda la raza que lo había expulsado de su seno. Sólo faltaba esto para completar la triste impresión que producían el yermo desnudo, el viento helado y el cielo que se oscurecía. El propio Baskerville se quedó en silencio y se arrebujó en su abrigo.

Habíamos dejado atrás y más abajo la región fértil. Ahora la veíamos perderse de vista; los rayos de soslayo del sol bajo convertían los cursos de agua en hilos de oro y brillaban sobre la tierra roja, recién labrada por el arado, y sobre la ancha maraña de los bosques. El camino que teníamos por delante se volvía más desolado y descuidado, con enormes laderas pardas y verde oliva, salpicadas de peñas gigantes. Pasábamos de cuando en cuando ante una choza de los páramos, con paredes y techo de piedra, sin plantas trepadoras que amortiguaran sus líneas duras. De pronto, contemplamos desde lo alto una depresión en forma de taza, con manchas de robles y abetos atrofiados, doblados y retorcidos por la furia de las tempestades de años. Dos torres altas y delgadas se erguían sobre los árboles.

El cochero señaló con el látigo.

—El palacio de Baskerville —dijo.

Su señor se había levantado y lo miraba con las mejillas encendidas y los ojos brillantes. Pocos minutos más tarde habíamos llegado al portón, un laberinto fantástico de hierro forjado, con pilares desgastados por el tiempo a ambos lados, manchados de liquen y rematados por las cabezas de jabalí heráldicas de los Baskerville. La vivienda del portero era una ruina de granito negro y vigas descubiertas, pero había ante ella un edificio nuevo a medio

construir, uno de los primeros frutos del oro que había traído sir Charles de Sudáfrica.

Pasamos por el portón a la avenida, donde las ruedas quedaron amortiguadas de nuevo entre las hojas y los viejos árboles extendían las ramas formando un túnel sombrío sobre nuestras cabezas. Baskerville se estremeció al mirar a lo largo del interminable camino oscuro, al fondo del cual brillaba tenuemente la casa como un fantasma.

—¿Fue aquí? —preguntó en voz baja.

—No, no, el paseo de los tejos está al otro lado.

El joven heredero miró a su alrededor con cara de melancolía.

—No es de extrañar que mi tío tuviera la impresión de que lo acechara algún disgusto en un sitio como éste —dijo—. Es como para asustar a cualquiera. Antes de que pasen seis meses haré poner aquí una hilera de bombillas eléctricas, y no lo reconocerán, con una lámpara Swan y Edison de mil candelas aquí mismo, ante la puerta del palacio.

La avenida terminaba en una ancha extensión de césped, y apareció ante nosotros la casa. A la luz dudosa vi que el centro del edificio era un bloque pesado del que asomaba un pórtico. Toda la fachada frontal estaba revestida de hiedra, recortada aquí y allá para dejar asomarse una ventana o un escudo de armas entre el velo oscuro. De este bloque central se alzaban las torres gemelas, antiguas, almenadas y perforadas por muchas aspilleras. A izquierda y derecha de las torres había alas más modernas de granito negro. Brillaba una luz tenue en las ventanas de pesados parteluces, y de las altas chimeneas que se levantaban del tejado empinado surgía una sola columna negra de humo.

—¡Bienvenido, sir Henry! ¡Bienvenido al palacio de Baskerville!

Un hombre alto se había adelantado de la sombra del pórtico a abrir la portezuela de la tartana. Se veía en silueta la figura de una mujer sobre la luz amarilla del vestíbulo. La mujer salió y ayudó al hombre a bajar nuestro equipaje.

—¿No le importará que me vaya directamente a mi casa, sir Henry? —preguntó el doctor Mortimer—. Mi esposa me está esperando.

—¿No se quiere quedar usted a cenar algo?

—No, debo marcharme. Lo más probable es que me encuentre algo de trabajo pendiente. Quisiera quedarme a enseñarle la casa, pero Barrymore hará de guía mejor que yo. Adiós, y no dude en hacerme llamar a cualquier hora del día o de la noche si puedo hacer algo por usted.

El ruido de las ruedas se perdió por la avenida mientras sir Henry y yo entrábamos en el palacio, y la puerta se cerró a nuestra espalda con fuerte ruido. Nos encontrábamos en una hermosa estancia, amplia, alta y con enormes vigas de roble oscurecido por los años. En la gran chimenea de estilo antiguo crujía y chisporroteaba un fuego de leños tras los altos morillos de hierro. Sir Henry y yo tendimos las manos hacia el fuego, pues estábamos entumecidos tras el largo paseo en carruaje. Después miramos a nuestro alrededor y contemplamos la ventana alta y estrecha con vidrieras antiguas de colores, las paredes chapadas de roble, las cabezas de ciervo, los escudos de armas en las paredes, tenues y sombríos a la luz amortiguada de la lámpara central.

—Es tal como me lo había imaginado —dijo sir Henry—. ¿Acaso no es el vivo retrato de una antigua casa solariega? ¡Pensar que es el mismo palacio donde ha vivido mi familia durante quinientos años! Me siento solemne sólo de pensarlo.

Vi que el rostro oscuro se le iluminaba con entusiasmo infantil al mirar lo que le rodeaba. La luz le caía encima donde estaba, pero descendían de las paredes largas sombras que colgaban sobre él como un palio negro. Barrymore había vuelto tras llevar el equipaje a nuestros cuartos. Se había quedado ante nosotros con el aire disciplinado del sirviente que conoce bien su oficio. Era un hombre de aspecto notable, alto, apuesto, de barba negra recortada en cuadro y rasgos pálidos y distinguidos.

—¿Desea que se sirva la cena enseguida, señor?

—¿Está preparada?

—Dentro de pocos minutos, señor. Encontrarán agua caliente en sus cuartos. Mi mujer y yo seguiremos con usted con mucho gusto, sir Henry, hasta que haya tomado usted nuevas disposiciones, pero ya comprenderá usted que esta casa requerirá bastante personal en la nueva situación.

—¿Qué nueva situación?

—Lo que quise decir, señor, es que sir Charles hacía una vida muy retirada y nosotros éramos capaces de atender a sus necesidades. Como es natural, usted querrá tener más compañía, y tendrá que hacer por ello cambios en su servidumbre.

—¿Quiere usted decir que su mujer y usted desean marcharse?

—Sólo cuando a usted le resulte conveniente, señor.

—Pero su familia lleva varias generaciones con nosotros, ¿no es así? Lamentaría empezar mi vida aquí rompiendo una vieja relación familiar.

Me pareció advertir algunos indicios de emoción en la cara pálida del mayordomo.

—Yo siento lo mismo, señor, y mi mujer también. Pero a decir verdad, señor, los dos sentíamos mucho apego por sir Charles, y su muerte nos impresionó y ha hecho que este lugar tenga recuerdos muy dolorosos para nosotros. Me temo que no volveremos a gozar de tranquilidad en el palacio de los Baskerville.

—Pero ¿qué piensan hacer?

—Sin duda, señor, conseguiremos establecer algún negocio. La generosidad de sir Charles nos ha facilitado los medios para ello. Y ahora, señor, quizá sea mejor que los acompañe a sus habitaciones.

Por la parte alta del antiguo vestíbulo corría una galería cuadrada con balaustrada a la que se accedía por una escalera doble. De este punto central salían dos corredores largos que cubrían toda la extensión del edificio y al que daban todos los dormitorios. El mío estaba en la misma ala del de Baskerville y era casi contiguo. Estas habitaciones parecían mucho más modernas que la parte central de la casa, y el papel pintado alegre y las velas numerosas contribuyeron a mitigar en parte la impresión sombría que me había dejado en la mente nuestra llegada.

Pero el comedor adjunto al vestíbulo era un lugar de sombras y tinieblas. Se trataba de una cámara larga con un escalón que separaba el estrado donde comía la familia de la parte inferior reservada para los subalternos. En lo alto había una galería para músicos. Sobre nuestras cabezas se cernían vigas negras tras las que había un techo oscurecido por el humo. Iluminado con hileras de antorchas encendidas y con el colorido y las risotadas rudas de un banquete de los tiempos antiguos, podría haber resultado más amable; pero ahora, con dos caballeros vestidos de negro sentados en el pequeño círculo de luz que arrojaba una lámpara con pantalla, se tendía a hablar en voz baja y a hundir el ánimo. Una fila sombría de antepasados con trajes de todas clases, desde el caballero de tiempos de la reina Isabel hasta el petimetre de la Regencia, nos miraba desde lo alto y nos impresionaba con su compañía silenciosa. Hablamos poco, y yo, personalmente, me alegré cuando hubo terminado la comida y pudimos retirarnos a la moderna sala de billar a fumarnos un cigarrillo.

—El sitio no es muy alegre, palabra —dijo sir Henry—. Supongo que se puede acostumbrar uno, pero ahora me siento un poco fuera de lugar. No me extraña que mi tío estuviera algo sobresaltado si vivía solo en una casa como ésta. No obstante, si a usted le parece bien, esta noche nos retiraremos temprano, y puede que las cosas parezcan más alegres mañana por la mañana.

Antes de acostarme, descorrí las cortinas y miré por mi ventana. Daba al terreno cubierto de hierba que se extendía ante la puerta principal del palacio. Más allá, dos bosquecillos gemían y temblaban movidos por un viento que arreciaba. Una luna creciente se asomó entre los claros de las nubes que corrían veloces. Vi a su fría luz, más allá de los árboles, un borde accidentado de peñas y la curva baja, larga, del páramo melancólico. Corrí la cortina con la sensación de que mi última impresión estaba en consonancia con las demás.

Sin embargo, no fue la última de todas. Estaba cansado pero desvelado y di vueltas en la cama sin descanso, buscando el sueño que no quería llegarme. Aparte de un reloj que daba a lo lejos los cuartos de hora, se cernía un silencio de muerte en la antigua casa. Y de pronto, en plena noche, me llegó a los oídos un sonido claro, resonante e inconfundible. Era el sollozo de una mujer, el llanto ahogado, contenido, de una persona desgarrada por una pena incontrolable. Me incorporé en la cama y escuché con atención. Aquel ruido no podía venir de lejos. Procedía, sin duda, del interior de la casa. Pasé media hora esperando con todos los nervios en estado de alerta, pero no me llegó ningún otro sonido salvo las campanadas del reloj y el rumor de la hiedra de la fachada.

CAPÍTULO VII

LOS STAPLETON DE LA CASA MERRIPIT

La hermosura fresca de la mañana siguiente contribuyó a quitarnos de encima la impresión lúgubre y gris que nos había dejado a los dos nuestro primer contacto con el palacio de Baskerville. Mientras sir Henry y yo desayunábamos, la luz del sol entraba a raudales por las altas ventanas con parteluz, arrojando manchas acuosas de color de los escudos de armas que las cubrían. Los oscuros paneles de madera de las paredes relucían como el bronce bajo los rayos dorados, y era difícil advertir que aquélla era la misma sala que nos había llenado de tinieblas las almas la noche anterior.

—¡Supongo que la culpa fue nuestra y no de la casa! —dijo el baronet—. Estábamos cansados del viaje y ateridos del paseo en carruaje, y por eso nos pareció triste la casa. Ahora que estamos bien y recuperados, todo vuelve a estar alegre.

—No obstante, no todo fue una cuestión de imaginación —respondí—. ¿No oyó usted, por ejemplo, que alguien, creo que una mujer, sollozaba por la noche?

—Es curioso, pues sí que me pareció oír algo así cuando estaba medio dormido. Aguardé bastante tiempo, pero no se oyó más y llegué a la conclusión de que había sido un sueño.

—Yo lo oí con claridad, y estoy seguro de que era, en efecto, un sollozo de mujer.

—Debemos preguntarlo ahora mismo.

Hizo sonar la campanilla y preguntó a Barrymore si podía darle alguna explicación de lo que habíamos oído. Me pareció que los rasgos pálidos del mayordomo adquirían un matiz más pálido todavía cuando oyó la pregunta de su amo.

—Sólo hay dos mujeres en la casa, sir Henry —respondió—. Una es la moza de cocina, que duerme en la otra ala. La otra es mi esposa, y puedo responder de que el ruido no pudo salir de ella.

Sin embargo, mentía, pues después del desayuno me encontré por casualidad con la señora Barrymore en el largo pasillo, y el sol le daba de lleno en la cara. Era una mujer grande, impasible, de rasgos pesados y boca de expresión rígida y dura. Pero la delataban los ojos, que tenía rojos y me miraron bajo párpados hinchados. Había sido ella, por lo tanto, la que había llorado de noche, y en tal caso su marido debía de saberlo. No obstante, éste había corrido el riesgo evidente de que descubrieran su mentira al afirmar que no era así. ¿Por qué había hecho tal cosa? ¿Y por qué lloraba ella con tal amargura? Ya empezaba a rodear a aquel hombre pálido, apuesto, de barba negra, una atmósfera de misterio y de tinieblas. Había sido él quien había descubierto el cadáver de sir Charles, y sólo conocíamos las circunstancias anteriores a la muerte del anciano por sus declaraciones. ¿Podría haber sido Barrymore, después de todo, aquel a quien habíamos visto en el coche de punto en Regent Street? La barba bien podía ser la misma. El cochero había descrito a un hombre algo más bajo de estatura, pero bien podría tratarse de una impresión errónea. ¿Cómo podría yo dar por zanjada definitivamente la cuestión? Como es evidente, lo primero que debía hacer era ver al jefe de correos de Grimpen y enterarme de si el telegrama se había puesto en manos de Barrymore, en efecto. Fuera cual fuese la respuesta, al menos tendría algo de qué informar a Sherlock Holmes.

Sir Henry tenía que examinar muchos papeles después del desayuno, de modo que el rato fue conveniente para mi excursión. Un paseo agradable de cuatro millas por el borde del páramo me condujo al fin hasta una aldea pequeña y gris en la que había dos edificios que destacaban de los demás y que resultaron ser la posada y la casa del doctor Mortimer. El jefe

de correos, que era también el tendero del pueblo, recordaba el telegrama con claridad.

—Ciertamente, señor —dijo—, le hice entregar el telegrama al señor Barrymore tal como se indicó.

—¿Quién lo entregó?

—Mi muchacho, aquí presente. James, le entregaste ese telegrama al señor Barrymore en el palacio la semana pasada, ¿verdad?

—Sí, padre, lo entregué.

—¿En mano? —le pregunté.

—Bueno, él estaba entonces en el ático, de modo que no pude dárselo en la mano, pero se lo di en mano a la señora Barrymore, quien me prometió que se lo entregaría enseguida.

—¿Viste al señor Barrymore?

—No, señor; le digo que estaba en el ático.

—Si no lo viste, ¿cómo sabes que estaba en el ático?

—Vaya, su propia esposa sabría bien dónde estaba —dijo el jefe de correos, molesto—. ¿Es que no recibió el telegrama? Si se ha producido algún error, es el propio señor Barrymore quien debe reclamar.

Parecía inútil llevar adelante aquel interrogatorio, pero quedó claro que, a pesar del ardid de Holmes, no teníamos ninguna prueba de que Barrymore no hubiera pasado todo aquel tiempo en Londres. Suponiendo que así fuera... Suponiendo que fuera el mismo hombre el último que había visto a sir Charles con vida y el primero que había seguido al nuevo heredero a la llegada de éste a Inglaterra... ¿Qué? ¿Era agente de otros, o tenía algún designio siniestro propio? ¿Qué interés podía tener en perseguir a la familia Baskerville? Recordé la extraña advertencia recortada del artículo de fondo del *Times*. ¿Había sido obra suya, o podría ser de alguien que procuraba frustrar sus planes? El único motivo concebible era el que había sugerido sir Henry: que si los Barrymore podían ahuyentar a la familia, gozaban de un hogar cómodo y permanente. Pero sin duda no bastaba con una explicación como ésta para explicar la intriga profunda y sutil que parecía rodear al joven baronet como una red invisible. Según el propio Holmes, no se había encontrado con un caso más complejo que aquello en toda su larga serie de investigaciones sensacionales. Mientras volvía a pie por la carretera, le pedí al cielo que mi amigo no tardara en verse libre de sus ocupaciones y pudiera venir a quitarme de encima la pesada carga de esa responsabilidad.

De pronto interrumpieron mis pensamientos un ruido de pasos que corrían a mi espalda y una voz que me llamó por mi nombre. Me volví esperando ver al doctor Mortimer, pero para mi sorpresa el que me perseguía era un desconocido. Era un hombre pequeño, delgado, afeitado, de cara acicalada, pelo rubio y mandíbula estrecha, de entre treinta y cuarenta años de edad, vestido de traje gris y con sombrero de paja. Llevaba colgada del hombro un bote de hojalata para guardar especímenes botánicos, y en una mano un cazamariposas verde.

—Estoy seguro de que dispensará usted mi atrevimiento, doctor Watson —dijo cuando me alcanzó, jadeando—. Aquí en el páramo somos gente llana y no esperamos a que nos presenten formalmente. Puede que haya oído usted citar mi nombre a nuestro amigo común, Mortimer. Me llamo Stapleton y vivo en la casa Merripit.

—Pude deducirlo al ver su cazamariposas y su caja —respondí—, pues ya sabía que el señor Stapleton era naturalista. Pero ¿cómo me ha reconocido usted?

—Estaba visitando a Mortimer, y éste me señaló a usted por la ventana de su consulta cuando pasó por delante. Como vamos en la misma dirección, pensé en alcanzarlo y presentarme. Confío en que sir Henry haya llegado con bien de su viaje...

—Está muy bien, gracias.

—Todos teníamos el temor de que el baronet no quisiera vivir aquí tras la triste muerte de sir Charles. Es mucho pedir que un hombre rico venga a enterrarse en un lugar como éste, pero no es preciso que le explique a usted cuánto significa para la comarca. Supongo que sir Henry no tendrá ningún temor supersticioso al respecto...

—No me parece probable.

—Conocerá usted, sin duda, la leyenda del perro diabólico que persigue a la familia.

—La he oído.

—¡Es extraordinaria la credulidad de los campesinos de por aquí! Son incontables los que están dispuestos a jurar que han visto una criatura así en el páramo. —Hablaba con una sonrisa en los labios, pero me pareció leer en sus ojos que se tomaba la cuestión con mayor seriedad—. Sir Charles estaba muy sugestionado por el cuento, y no me cabe duda de que fue esto lo que lo llevó a terminar de esa manera tan trágica.

—Pero ¿cómo?

—Tenía los nervios tan alterados que la aparición de un perro cualquiera pudo ejercer un efecto fatal sobre su corazón enfermo. Yo me figuro que vio algo así, en efecto, aquella última noche en el paseo de los tejos. Me temía que sucediera alguna tragedia, pues apreciaba mucho al anciano y sabía que tenía el corazón débil.

—¿Cómo lo sabía usted?

—Me lo había dicho mi amigo Mortimer.

—¿Cree usted, entonces, que algún perro persiguió a sir Charles y que éste murió del susto?

—¿Se le ocurre alguna explicación mejor?

—No he llegado a ninguna conclusión.

—¿Y ha llegado a alguna el señor Sherlock Holmes?

Estas palabras me cortaron la respiración por un instante, pero una mirada a la cara plácida de mi compañero y a sus ojos firmes me hizo ver que no había pretendido sorprenderme.

—Es inútil que finjamos no saber quién es usted, doctor Watson —dijo—. Las crónicas que ha hecho usted de su amigo el detective han llegado hasta nosotros y no ha podido hacerlo célebre sin darse usted mismo a conocer. Si está usted aquí, es que el propio señor Holmes se interesa por el asunto, y siento una curiosidad natural por conocer su punto de vista.

—Me temo que no puedo responder a su pregunta.

—¿Puedo preguntarle si piensa honrarnos con una visita en persona?

—No puede salir de la capital, de momento. Tiene que ocuparse de otros casos.

—¡Qué lástima! Podría arrojar alguna luz sobre lo que está tan oscuro para nosotros. Sin embargo, en lo que se refiere a las pesquisas de usted,

confío en que cuente con que estoy a su disposición para cualquier cosa en que pueda resultarle útil. Si tuviera alguna indicación del carácter de sus sospechas o de cómo piensa investigar el caso, quizá pudiera brindarle alguna ayuda o consejo ahora mismo.

—Le aseguro a usted que sólo he venido a hacer una visita a mi amigo sir Henry y que no necesito ayuda de ninguna clase.

—¡Perfectamente! —dijo Stapleton—. Hace usted muy bien en obrar con cautela y discreción. Acepto el justo reproche por una intromisión injustificada por mi parte y le prometo que no volveré a aludir a la cuestión.

Habíamos llegado hasta un lugar de donde partía de la carretera un sendero de hierba que se adentraba serpenteando por el páramo. A la derecha se levantaba una colina empinada salpicada de peñascos, que en tiempos pasados había servido de cantera de granito. La superficie que daba hacia nosotros formaba un barranco oscuro en cuyas oquedades crecían helechos y zarzas. De una prominencia lejana se alzaba un penacho gris de humo.

—Por este sendero del páramo se llega a la casa Merripit en un breve paseo —me dijo—. Si dispone usted de una hora libre, tendría el placer de presentarle a mi hermana.

Lo primero que me vino a la cabeza fue que debía estar junto a sir Henry. Pero recordé entonces el montón de papeles y facturas que cubrían la mesa de su despacho. Yo no podía ayudarlo en esa tarea de ningún modo. Y Holmes me había encargado expresamente que estudiara a los vecinos del páramo. Acepté la invitación de Stapleton y tomamos juntos el sendero.

—El páramo es un lugar maravilloso —dijo, tendiendo la vista sobre las lomas onduladas, largas ondas verdes con crestas de granito dentado como mechones fantásticos de espuma—. No se cansa uno nunca del páramo. No sabe usted los secretos maravillosos que contiene. Tan vasto, tan yermo y tan misterioso...

—¿Lo conoce usted bien, entonces?

—Sólo llevo aquí dos años. Los naturales me calificarían de recién llegado. Vinimos poco después de que se estableciera aquí sir Charles. Pero mis aficiones me han llevado a explorar todos los parajes de esta comarca, y yo diría que hay pocos por aquí que la conozcan mejor que yo.

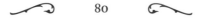

—¿Es difícil conocerla?

—Muy difícil. Vea usted, por ejemplo, esta gran llanura que se extiende hacia el norte de la que asoman unas colinas extrañas. ¿Observa usted algo notable en ella?

—Sería un lugar extraordinario para cabalgar al galope.

—Eso cree usted, y es natural; y esa misma idea ha costado ya varias vidas. ¿Advierte usted esos puntos abundantes de color verde vivo que están dispersos por la llanura?

—Sí, parece un terreno más fértil que el resto.

Stapleton se rio.

—Ésa es la gran ciénaga de Grimpen —dijo—. Dar allí un paso en falso significa la muerte para el hombre o el animal. Ayer mismo vi que entraba allí uno de los caballitos salvajes del páramo. No salió. Le vi la cabeza, que asomó largo rato del lodazal, pero éste acabó tragándoselo. Es peligroso cruzar la ciénaga hasta en tiempo seco, pero tras estas lluvias de otoño es un lugar espantoso. Sin embargo, yo soy capaz de llegar hasta su centro mismo y salir vivo. ¡Por san Jorge, allí hay otro caballito desgraciado!

Había algo castaño que se agitaba y se debatía entre las matas verdes. Después se levantó un cuello largo, atormentado, que se retorcía, y resonó por el páramo un quejido espantoso. Me dejó helado de horror, pero al parecer mi acompañante tenía los nervios más templados.

—¡Está perdido! —dijo—. La ciénaga se ha apoderado de él. Van dos en dos días, y puede que caigan muchos más, pues se acostumbran a ir allí en tiempo seco y no advierten la diferencia hasta que la ciénaga los apresa en sus garras. Mal lugar, la gran ciénaga de Grimpen.

—¿Y dice usted que sabe adentrarse en ella?

—Sí, hay uno o dos caminos que puede seguir un hombre muy ágil. Yo los he encontrado.

—Pero ¿por qué desea usted entrar en un paraje tan horrible?

—Pues bien, ¿ve usted las colinas de más allá? En realidad, son islas aisladas por todas partes por la ciénaga infranqueable, que las ha ido rodeando con el curso de los años. Allí se encuentran las plantas raras y las mariposas, si se tiene la habilidad de llegar hasta ellas.

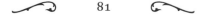

—Probaré suerte algún día.

Me miró con cara de sorpresa.

—¡Quítese esa idea de la cabeza, por el amor de Dios! —profirió—. Su sangre caería sobre mi cabeza. Le aseguro que no tendría la menor posibilidad de volver con vida. Si yo soy capaz de hacerlo, es a base de recordar ciertas señales complicadas.

—¡Escuche! —exclamé—. ¿Qué es eso?

Un lamento largo y grave, de tristeza indescriptible, recorrió el páramo. Llenaba todo el ambiente, aunque era imposible determinar de dónde procedía. Comenzó con un murmullo sordo, creció hasta convertirse en un rugido profundo y volvió a reducirse después a un murmullo melancólico, palpitante. Stapleton me miró con una expresión curiosa en el rostro.

—¡Qué lugar tan extraño es el páramo! —dijo.

—Pero ¿qué es eso?

—Los campesinos dicen que es el perro de los Baskerville que llama a su presa. Ya lo había oído antes una o dos veces, pero nunca tan fuerte.

Con un estremecimiento de temor en el corazón, recorrí con la vista la enorme llanura ondulada, salpicada de las manchas verdes de juncos. En aquella ancha extensión no se movía nada, salvo un par de cuervos que graznaban con fuerza desde un tolmo a nuestra espalda.

—Usted es un hombre culto. ¿No creerá en esas tonterías? —pregunté—. ¿A qué cree que se debe ese sonido tan extraño?

—Las ciénagas producen a veces sonidos extraños. Es el ruido del cieno al asentarse, o del agua al subir de nivel, o algo así.

—No, no, era la voz de un ser vivo.

—Bueno, puede que lo fuera. ¿Ha oído usted alguna vez el canto del avetoro?

—No, nunca.

—Es un ave muy rara, ya casi extinguida en Inglaterra, pero en el páramo todo es posible. Sí, no me extrañaría descubrir que acabamos de oír el canto del último avetoro.

—Es la cosa más rara y más extraña que he oído en mi vida.

—Sí, este lugar es bastante misterioso en general. Mire usted esa ladera de allá. ¿Qué le parecen esas cosas?

Toda la ladera empinada estaba cubierta de círculos grises de piedra; había al menos veinte.

—¿Qué son? ¿Rediles de ovejas?

—No, son las casas de nuestros dignos antepasados. En el páramo vivía una población abundante de hombres prehistóricos. Como desde entonces no ha vivido aquí casi nadie, nos encontramos sus pequeñas construcciones tal como las dejaron. Éstas son sus chozas, a falta de los techos. Si tiene la curiosidad de entrar, podrá ver incluso sus hogares y sus lechos.

—Pero se trata de todo un pueblo. ¿Cuándo estuvo habitado?

—En tiempos del hombre neolítico. No se conoce la fecha.

—¿A qué se dedicaba?

—Apacentaba su ganado en estas laderas, y aprendió a extraer el estaño del terreno cuando la espada de bronce empezó a sustituir al hacha de piedra. Mire usted esa fosa grande que se ve en la colina de enfrente. Es su huella. Sí, encontrará usted cosas muy singulares en el páramo, doctor Watson. ¡Oh! Dispense usted un momento. Se trata, sin duda, de una *Cyclopides*.

Había pasado aleteando ante nosotros una mariposa o polilla pequeña, y Stapleton echó a correr tras ella al instante con energía y velocidad extraordinarias. Vi consternado que el insecto volaba directamente hacia la gran ciénaga y que mi nuevo conocido no se detenía ni un instante, saltando tras él de mata en mata, agitando al aire su cazamariposas verde. Él mismo, con su ropa verde y su marcha irregular, en zigzag y espasmódica, parecía una especie de polilla gigante. Contemplaba su persecución con una mezcla de admiración por su agilidad extraordinaria y de miedo a que perdiera pie en la ciénaga traicionera, cuando oí pasos y, al volverme, me encontré con una mujer que estaba cerca de mí, en el camino. Venía de la dirección de donde el mechón de humo indicaba la situación de la casa Merripit, pero la hondonada del páramo la había ocultado a la vista hasta que estuvo muy cerca.

No dudé que se trataría de la señorita Stapleton de la que me habían hablado, ya que debía de haber muy pocas damas en el páramo, y recordaba que alguien la había descrito diciendo que era una belleza. La mujer que se acercaba a mí lo era, ciertamente, y de tipo muy poco corriente. No podía haber mayor contraste entre el hermano y la hermana, pues Stapleton tenía la tez neutra, cabello claro y ojos grises, mientras que ella tenía la piel más oscura que ninguna morena que hubiera visto yo en Inglaterra, y era esbelta, elegante y alta. Tenía la cara orgullosa, de rasgos finos, tan regular que habría parecido impasible si no hubiera sido por la boca sensible y los hermosos ojos oscuros y atentos. Con su figura perfecta y el vestido elegante que llevaba era, en verdad, una aparición extraña en un camino solitario de un páramo. Cuando me volví, tenía los ojos puestos en su hermano, y avivó después el paso hacia mí. Yo me había quitado el sombrero y me disponía a hacer algún comentario para explicar la situación, cuando las palabras de ella dieron nuevo rumbo a mis pensamientos.

—¡Vuélvase! —me dijo—. ¡Vuélvase a Londres al instante!

Sólo fui capaz de quedarme mirándola, estupefacto. Sus ojos despedían fuego y daba paताditas de impaciencia en el suelo.

—¿Por qué he de volverme? —pregunté.

—No puedo explicárselo. —Hablaba en voz baja, vehemente, pronunciando las palabras con un curioso ceceo—. Pero, por Dios, haga lo que le pido. Regrese usted y no vuelva a pisar el páramo jamás.

—Pero ¡si acabo de llegar!

—¡Hombre! ¡Hombre! —exclamó—. ¿Es que no se da cuenta de que le están haciendo una advertencia por su propio bien? ¡Vuélvase a Londres! ¡Salga esta misma noche! ¡Váyase de este lugar, cueste lo que cueste! ¡Chist, que viene mi hermano! Ni una palabra de lo que he dicho. ¿Le importaría recogerme esa orquídea que crece allí, entre las colas de caballo? Tenemos una gran riqueza de orquídeas en el páramo, aunque, claro, usted llega en una época del año bastante tardía para apreciar todas las bellezas de este lugar.

Stapleton había abandonado la caza y volvía hacia nosotros jadeando y enrojecido por el esfuerzo.

—¡Hola, Beryl! —dijo, y me pareció que el tono de su saludo no era cordial del todo.

—Vaya, Jack, te has acalorado mucho.

—Sí, perseguía una *Cyclopides*. Es una especie muy rara que no suele encontrarse a finales de otoño. ¡Lástima que se me haya escapado!

Hablaba con despreocupación, pero sus ojillos claros saltaban sin cesar de la muchacha a mí.

—Veo que se han hecho las presentaciones ustedes mismos.

—Sí. Estaba diciéndole a sir Henry que era una estación bastante tardía para que apreciara el páramo en toda su belleza.

—¡Cómo! ¿Por quién has tomado a este señor?

—Supongo que debe de tratarse de sir Henry Baskerville.

—No, no —aclaré—. Sólo soy un humilde plebeyo, pero amigo de sir Henry. Me llamo doctor Watson.

La mujer se ruborizó de fastidio por unos momentos.

—Hemos sufrido un malentendido —dijo.

—Vaya, pues no han tenido mucho tiempo de hablar —comentó su hermano con la misma mirada interrogadora.

—Le he hablado al doctor Watson como si residiera aquí, en lugar de estar sólo de paso —dijo ella—. A él no le importará gran cosa si la estación es temprana o tardía para las orquídeas. Pero se vendrá usted con nosotros a ver la casa Merripit, ¿verdad?

Llegamos allí tras un breve paseo. Era una casa triste del páramo que había sido granja de algún ganadero en los tiempos antiguos de prosperidad, pero que ahora se había reformado y convertido en una vivienda moderna. Estaba rodeada de frutales, pero los árboles, como suele suceder en el páramo, estaban atrofiados y raquíticos, y todo aquel lugar producía un efecto mezquino y melancólico. Nos abrió la puerta un criado viejo, extraño, arrugado, de casaca de color de herrumbre, quien parecía a tono con la casa. Sin embargo, dentro había habitaciones amplias, amuebladas con una elegancia en la que me pareció reconocer el gusto de la dama. Mientras contemplaba desde sus ventanas el páramo interminable moteado de granito que se extendía ondulante sin interrupción hasta el horizonte más lejano, no pude por menos que maravillarme pensando qué podría haber llevado a tal lugar a aquel hombre de gran cultura y a aquella mujer hermosa.

—Es un sitio raro para venirse a vivir —dijo, como en respuesta a mis pensamientos—. No obstante, nos las arreglamos para ser bastante felices, ¿verdad, Beryl?

—Muy felices —respondió ella, pero con voz carente de convencimiento.

—Yo tenía una escuela en el norte —añadió Stapleton—. Un trabajo así habría sido mecánico y poco interesante para un hombre de mi temperamento, pero apreciaba mucho el privilegio de vivir con la juventud, de contribuir a moldear esas mentes jóvenes y a dejar en ellas la huella de mi propio carácter e ideales. Sin embargo, el destino nos fue adverso. Se desató una grave epidemia en la escuela y murieron tres muchachos. El centro no se recuperó de aquel golpe, y yo perdí buena parte de mi capital de manera irrecuperable. Con todo, si no hubiera sido por la pérdida de la compañía encantadora de los muchachos, yo podría alegrarme de mi propia desventura, pues, con mi fuerte afición a la botánica y la zoología, encuentro aquí un campo de trabajo ilimitado, y a mi hermana le gusta tanto la naturaleza como a mí. Se ha ganado usted toda esta explicación, doctor Watson, con el gesto que ha puesto al otear el páramo desde nuestra ventana.

—Sí que me ha pasado por la cabeza que podría ser un poco aburrido... Puede que para usted menos que para su hermana.

—No, no, yo no me aburro nunca —se apresuró a decir ella.

—Tenemos libros, tenemos nuestros estudios y tenemos vecinos interesantes. El doctor Mortimer es un hombre muy sabio en su terreno. El pobre sir Charles era, asimismo, un compañero admirable. Lo conocíamos bien y lo echamos de menos más de lo que le puedo expresar. ¿Cree usted que sería una intromisión por mi parte que me presentara esta tarde a conocer a sir Henry?

—Estoy seguro de que le encantaría.

—Entonces, haga usted el favor de comentarle que pienso ir. Quizá podamos contribuir modestamente a facilitarle las cosas hasta que se acostumbre a su nuevo entorno. ¿Quiere usted venir al piso de arriba, doctor Watson, a examinar mi colección de lepidópteros? Me parece que es la más completa

del sudoeste de Inglaterra. Cuando haya terminado de verla, ya estará casi preparado el almuerzo.

Pero yo estaba impaciente por volver con mi protegido. La melancolía del páramo, la muerte del caballito desventurado, aquel ruido extraño que se había asociado a la lúgubre leyenda de los Baskerville... Todas estas cosas teñían de tristeza mis pensamientos. Además, aparte de todas estas impresiones más o menos difusas había venido la advertencia clara y concreta de la señorita Stapleton, comunicada con tal ahínco que yo no podía dudar que había detrás algún motivo grave y profundo. Rechacé todas las invitaciones a quedarme a almorzar y emprendí enseguida mi camino de vuelta por el sendero de hierba por donde habíamos venido.

Parece ser, no obstante, que debía de haber algún atajo para los que lo conocieran, pues antes de llegar a la carretera vi con asombro a la señorita Stapleton sentada en una piedra junto al camino. Tenía la cara muy hermosa, enrojecida por el esfuerzo, y se apoyaba la mano en el costado.

—He venido corriendo para adelantarme a usted, doctor Watson —dijo—. Ni siquiera he tenido tiempo de ponerme el sombrero. No debo entretenerme, o de lo contrario mi hermano advertirá mi ausencia. Quería decirle cuánto lamento el error estúpido que cometí al tomarlo a usted por sir Henry. Le ruego que olvide mis palabras, que no tienen ninguna aplicación para usted.

—Pero no puedo olvidarlas, señorita Stapleton —repliqué—. Soy amigo de sir Henry, y su bienestar me interesa mucho. Dígame usted por qué insistió tanto en que sir Henry regresara a Londres.

—Caprichos de mujer, doctor Watson. Cuando me conozca usted mejor, sabrá que no siempre puedo explicar los motivos de mis palabras ni de mis actos.

—No, no. Recuerdo la emoción de su voz. Recuerdo su mirada. Por favor, se lo ruego, sincérese usted conmigo, señorita Stapleton, pues desde que llegué aquí soy consciente de estar rodeado de sombras. La vida se ha vuelto como esa gran ciénaga de Grimpen, llena de manchas verdes en las que se puede hundir uno, y sin guía que señale el camino. Dígame usted qué quería decir, y yo le prometo que transmitiré su advertencia a sir Henry.

Le recorrió el rostro por un instante un gesto de indecisión, pero cuando me respondió, se le habían endurecido de nuevo los ojos.

—Le da usted demasiada importancia, doctor Watson —dijo—. La muerte de sir Charles nos dejó muy consternados a mi hermano y a mí. Lo tratábamos mucho, pues su paseo favorito era venirse por el páramo hasta nuestra casa. Lo impresionaba profundamente la maldición que perseguía a la familia, y cuando sobrevino esta tragedia tuve la sensación natural de que los temores que había manifestado tenían alguna base. Por ello, me acongojé cuando se vino a vivir aquí otro miembro de la familia, y me pareció que debía advertirlo del peligro que correrá. Esto fue todo lo que pretendí comunicar.

—Pero ¿cuál es el peligro?

—¿Conoce usted la historia del perro?

—No creo en esas tonterías.

—Pero yo sí. Si tiene usted alguna ascendencia sobre sir Henry, lléveselo usted de este lugar que ha sido siempre fatal para su familia. El mundo es ancho. ¿Por qué quiere vivir donde está el peligro?

—Porque es donde está el peligro. Así es sir Henry. Me temo que será imposible convencerlo de que se vaya, a no ser que me dé usted alguna información más concreta.

—No puedo decirle nada concreto, pues no sé nada concreto.

—Quisiera hacerle una pregunta más, señorita Stapleton. Si usted no quería decir más que esto cuando me habló por primera vez, ¿por que no quiso que su hermano oyera sus palabras? No contenían nada a lo que pudiera poner reparos ni él ni nadie.

—Mi hermano tiene grandes deseos de que el palacio esté habitado, pues lo considera beneficioso para la gente pobre del páramo. Se enfadaría mucho si se enterara de que he dicho algo que pudiera inducir a sir Henry a marcharse. Pero yo ya he cumplido con mi deber y no diré más. Debo volver, pues de lo contrario advertirá mi ausencia y sospechará que me he visto con usted. ¡Adiós!

Se volvió, y al cabo de pocos minutos desapareció entre las peñas dispersas mientras yo, con el alma llena de temores difusos, seguía mi camino hacia el palacio de Baskerville.

CAPÍTULO VIII

EL PRIMER INFORME DEL DOCTOR WATSON

A partir de aquí seguiré la relación de los hechos reproduciendo las cartas que escribí al señor Sherlock Holmes, y que tengo en la mesa ante mí. Aunque falta una página, las transcribiré tal y como las escribí, y mostrarán mis impresiones y sospechas de aquellos momentos con mayor precisión que podría recordarlas yo escribiendo de memoria, a pesar del recuerdo tan claro que me ha quedado de aquellos sucesos trágicos.

Palacio de Baskerville, 13 de octubre.

Estimado Holmes:

Estará bastante informado por mis cartas y telegramas anteriores de todo lo que ha sucedido en este rincón del mundo dejado de la mano de Dios. Cuanto más tiempo se pasa aquí, más se apodera del alma de uno el espíritu del páramo, su vastedad, así como su encanto lúgubre. Basta con pasearse una sola vez por su seno para dejar atrás toda huella de la Inglaterra moderna; aunque, por otra parte, se advierten por doquier las viviendas y las obras de las gentes prehistóricas. Al caminar por aquí se aprecian por todas partes las casas de ese pueblo olvidado, además de las tumbas y los monolitos enormes que se supone señalaban sus templos. Al contemplar sus chozas de piedra gris sobre las laderas yermas se deja atrás nuestra propia época, y si se viera salir por la puerta baja a un hombre velludo, vestido de pieles y llevando a la cuerda de su arco una flecha con punta de pedernal, su presencia en este lugar parecería más natural que la nuestra. Lo extraño es que viviera tanta población en un terreno que siempre ha debido de ser muy estéril. No soy arqueólogo, pero puedo imaginarme que eran un pueblo poco guerrero y acosado que se vio obligado a aceptar unas tierras que ningún otro pueblo quería ocupar.

Sin embargo, todo esto es ajeno a la misión que me ha encomendado usted, y seguramente le parecerá muy poco interesante para su mentalidad estrictamente práctica. Todavía recuerdo su indiferencia absoluta ante la cuestión de si el Sol giraba alrededor de la Tierra o la Tierra alrededor del Sol. Volveré, pues, a los datos relacionados con sir Henry Baskerville.

Si no ha recibido usted ningún informe en los últimos días ha sido porque no se ha ofrecido nada importante que referir hasta la fecha. Se ha producido ahora una circunstancia muy sorprendente que le contaré más adelante. Pero antes de nada debo ponerlo a usted en antecedentes de algunos otros factores que intervienen en la situación.

Uno de ellos, del que he dicho poco, es el presidiario fugitivo que rondaba por el páramo. Ya existen motivos poderosos para creer que ha conseguido huir, lo que representa un alivio notable para los habitantes de las casas solitarias de esta comarca. Han transcurrido quince días desde su fuga, y en este plazo no se le ha visto y tampoco se tienen noticias suyas. Es inconcebible, sin duda, que haya podido aguantar todo este tiempo en el páramo. Por supuesto, en cuanto a hallar escondrijos no tendría la menor dificultad. Cualquiera de estas chozas de piedra le serviría de refugio. Pero no tendría nada que comer, a no ser que atrapara alguna de las ovejas que pastan en el páramo y la sacrificara. Creemos, por lo tanto, que se ha ido, y los granjeros de los alrededores duermen más tranquilos por ello.

En esta casa estamos cuatro hombres sanos y podríamos defendernos bien, pero reconozco que he pasado momentos de intranquilidad al pensar en los Stapleton. Viven a varias millas de distancia de cualquier auxilio. Hay una criada, un criado viejo, la hermana y el hermano, y este último no es hombre muy fuerte. Estarían desvalidos en manos de un sujeto desesperado como el autor de los crímenes de Notting Hill si consiguiera entrar en su casa. Tanto sir Henry como yo estábamos preocupados por su situación, y se

propuso que Perkins, el mozo de cuadra, fuera a dormir allí, pero Stapleton se negó rotundamente.

Sucede que nuestro amigo el baronet empieza a dar muestras de interés considerable por nuestra bella vecina. No tiene nada de extraño, pues en este lugar solitario las horas se le hacen muy largas a un hombre activo como él, y ella es una mujer muy fascinante y hermosa. Tiene algo de tropical y exótico que contrasta singularmente con su hermano, frío y nada emotivo. Sin embargo, también él produce la sensación de tener un fuego interior. Ejerce sobre ella, ciertamente, una influencia muy marcada, pues he advertido que cuando ella habla le dirige miradas constantes como si buscara su aprobación. Confío en que la trate con bondad. Él tiene un brillo seco en los ojos y una dureza en los labios delgados que delatan un carácter imperioso, severo quizá. A usted le parecería un objeto de estudio interesante.

Vino a visitar a Baskerville aquel primer día, y a la mañana siguiente nos llevó a los dos a mostrarnos el lugar donde se supone que tuvo su origen la leyenda del malvado Hugo. Fue una excursión de varias millas a través del páramo, hasta un lugar tan inhóspito que bien pudo inspirar el cuento. Encontramos entre tolmos escarpados una cañada estrecha que conducía a un espacio abierto cubierto de hierba y salpicado de algodoncillo. Se alzaban en el medio dos grandes piedras, desbastadas y afiladas en su parte superior hasta darles el aspecto de enormes colmillos desgarradores de alguna fiera monstruosa. Coincidía en todos los sentidos con el escenario de la antigua tragedia. A sir Henry le interesó mucho, y le preguntó a Stapleton más de una vez si creía verdaderamente en la posibilidad de que lo sobrenatural interviniera en los asuntos de los hombres. Aunque hablaba con ligereza, saltaba a la vista de que lo decía muy en serio. Stapleton le respondía con cautela, pero se advertía con claridad que no decía todo lo que sabía y que no quería expresar toda su opinión en consideración a los sentimientos del baronet. Nos habló de otros casos semejantes en que algunas familias habían sido víctimas de influencias malignas, y nos dejó con la impresión de que compartía la opinión vulgar a este respecto.

A la vuelta nos quedamos a almorzar en la casa Merripit, y allí conoció sir Henry a la señorita Stapleton. Desde el momento en que la vio pareció

91

atraído poderosamente por ella, y o mucho me equivoco o el sentimiento fue mutuo. Me habló de ella repetidamente mientras volvíamos a casa, y desde entonces no ha transcurrido un día entero sin que viésemos al hermano y a la hermana. Vienen a cenar esta noche, y se ha propuesto que vayamos nosotros a cenar con ellos la semana próxima. Cabría suponer que a Stapleton le parecería muy bien este partido para su hermana; sin embargo, he sorprendido más de una vez en su cara una mirada más que desaprobadora cuando sir Henry prestaba atención a aquélla. No cabe duda de que siente gran apego por su hermana y que viviría muy solo sin ella, pero parecería el colmo del egoísmo que le impidiera hacer una boda tan buena. Sin embargo, estoy seguro de que no quiere que la amistad entre ambos madure hasta convertirse en amor, y he observado sus esfuerzos en varias ocasiones para evitar que se quedaran a solas los dos. Por cierto, las instrucciones que me dio usted de que no permitiese nunca que sir Henry saliera solo resultarán mucho más arduas de seguir si a nuestras dificultades se le añade un idilio amoroso. Mi popularidad no tardaría en decaer si siguiera sus órdenes al pie de la letra.

El doctor Mortimer almorzó con nosotros el otro día, el jueves para ser más exactos. Ha estado haciendo excavaciones en Long Down y ha encontrado un cráneo prehistórico que lo llena de gran regocijo. ¡Nunca ha habido nadie tan entusiasmado por una afición como él! Los Stapleton llegaron más tarde, y el buen doctor nos llevó a todos, a instancias de sir Henry, al paseo de los tejos para enseñarnos con exactitud cómo sucedió todo durante aquella noche fatal. El paseo de los tejos es un camino largo, triste, entre dos setos altos de tejo recortado, con una franja estrecha de hierba a cada lado del camino. Al fondo hay un invernadero viejo y destartalado. Hacia la mitad del paseo está la puerta que da al páramo, donde el anciano caballero dejó caer la ceniza de su puro. Es un portillo blanco de madera con pestillo. Tras ella se extiende el ancho páramo. Recordé la teoría de usted sobre el asunto e intenté representarme todo lo que sucedió. Cuando el anciano estaba allí de pie, vio llegar algo por el páramo, algo que lo aterrorizó tanto que perdió la cabeza y echó a correr hasta que murió de puro horror y agotamiento. Allí estaba el túnel largo y tenebroso por donde huyó. Y ¿de qué? ¿De un perro pastor del páramo? ¿O de un perro espectral, negro, silencioso y monstruoso? ¿Hubo intervención humana en el asunto? ¿Sabía Barrymore, pálido y vigilante, algo más de lo que quería contar? Todo estaba turbio y confuso, pero se aprecia siempre al fondo la sombra oscura del crimen.

He conocido a un vecino más desde mi última carta. Se trata del señor Frankland, del palacio de Lafter, que vive a unas cuatro millas al sur de nosotros. Es un hombre de edad avanzada, de cara roja, pelo blanco y carácter colérico. Su pasión son las leyes británicas, y se ha gastado una gran fortuna en pleitos. Pleitea por el gusto mismo de pleitear, y está dispuesto por igual a tomar partido por cualquiera de las dos partes de cualquier cuestión; no es de extrañar, por lo tanto, que el entretenimiento le haya costado caro. Unas veces cierra un derecho de paso y desafía a los habitantes de la parroquia a que lo obliguen a abrirlo. Otras, derriba con sus propias manos el portón de alguna otra persona y declara que por allí ha transcurrido un camino desde tiempos inmemoriales, y después desafía al propietario a que lo demande por intrusión. Está bien versado en los antiguos derechos señoriales y comunales, y aplica unas veces sus conocimientos a favor de los habitantes del pueblo de Fernworthy y otras veces en contra de éstos, de modo que de cuando en cuando lo llevan a hombros por la calle del pueblo o bien lo queman en efigie, en función de su última hazaña. Se dice que tiene ahora entre manos cosa de siete pleitos que probablemente acabarán con el resto de su fortuna y, por lo tanto, le embotarán el aguijón y lo dejarán inofensivo para el futuro. Aparte de los pleitos, parece persona amable y de buen carácter, y si le hablo de él es sólo porque usted me insistió en que le enviara alguna descripción de las personas que nos rodean. Ahora tiene una ocupación curiosa, ya que, al ser aficionado a la astronomía, tiene un telescopio excelente con el que otea el páramo todo el día desde la azotea de su casa con la esperanza de atisbar al presidiario fugado. Si dedicara su energía sólo a esto, todo iría bien, pero se rumorea que piensa denunciar al doctor Mortimer por haber abierto éste una tumba sin el consentimiento del pariente más próximo, por el cráneo neolítico que desenterró en el túmulo de Long Down. Contribuye a aliviar la monotonía de nuestras vidas y aporta un poco de humor, que hace mucha falta.

Y ahora que ya lo he puesto al día sobre los asuntos del presidiario fugado, los Stapleton, el doctor Mortimer y Frankland, el del palacio de Lafter, me

permitirá usted que termine por lo más importante y le cuente algo más de los Barrymore y, sobre todo, de los hechos sorprendentes de anoche.

En primer lugar, en lo que se refiere al telegrama de prueba que envió usted desde Londres para cerciorarse de si Barrymore estaba aquí en realidad. Ya le he explicado que el testimonio del jefe de correos pone de manifiesto que la prueba careció de valor y que no tenemos ninguna indicación en un sentido u otro. Expuse la situación a sir Henry, y él, con el carácter expeditivo que lo caracteriza, mandó subir a Barrymore y le preguntó si había recibido el telegrama en persona. Barrymore dijo que sí.

—¿Se lo entregó el chico en mano? —le preguntó sir Henry.

Barrymore pareció sorprenderse y se lo pensó unos momentos.

—No —dijo—. Yo estaba en esos momentos en el cuarto trastero y me lo subió mi mujer.

—¿Lo respondió usted mismo?

—No; dije a mi mujer la respuesta que debía dar y bajó ella a escribirla.

Aquella noche, Barrymore volvió a abordar la cuestión por iniciativa propia.

—No he alcanzado a entender el motivo de sus preguntas de esta mañana, sir Henry —dijo—. Confío en que no signifiquen que yo haya merecido perder su confianza...

Sir Henry tuvo que tranquilizarlo y asegurarle que no había sucedido tal cosa. Para aplacarlo le regaló una buena parte de su ropa usada, pues ya había recibido toda la que había encargado en Londres.

La señora Barrymore me interesa. Es una persona pesada, sólida, de pocos alcances, intensamente respetable y con tendencia al puritanismo. Apenas podría concebirse un personaje menos emotivo. Sin embargo, ya le he contado que la primera noche que pasé aquí la oí sollozar amargamente, y desde entonces he advertido más de una vez huellas de lágrimas en su rostro. Alguna pena profunda le desgarra el corazón. Unas veces me pregunto si la asedia algún remordimiento, y otras sospecho que Barrymore es un dictador doméstico. Siempre me había parecido que el carácter de este hombre tenía algo de singular y dudoso, pero la aventura de anoche confirma todas mis sospechas.

Y, sin embargo, puede parecer poca cosa. Ya sabe usted que no tengo el sueño muy pesado, y desde que monto guardia en esta casa lo tengo más ligero que nunca. Anoche, hacia las dos de la madrugada, me despertó el ruido de unas pisadas furtivas que pasaron ante mi cuarto. Me levanté, abrí la puerta y me asomé al exterior. Bajaba por el pasillo una sombra negra alargada. Pertenecía a un hombre que caminaba en silencio por el pasillo con una vela en la mano. Iba en camisa y pantalón, con los pies al descubierto. Sólo le veía la silueta, pero su talla me indicó que era Barrymore. Caminaba muy despacio y con circunspección y tenía un aire indescriptible de culpa y clandestinidad.

Ya le he contado que el pasillo está interrumpido por la galería que rodea el vestíbulo, pero que prosigue al otro lado. Esperé a que se perdiera de vista y lo seguí. Cuando terminé de rodear la galería, había llegado al final del pasillo del otro lado, y la luz tenue que salía por una puerta abierta me indicó que había entrado en una de las habitaciones. Todas estas habitaciones están desocupadas y sin amueblar, por lo que su expedición resultaba más misteriosa que nunca. La luz brillaba con regularidad, como si la vela estuviera inmóvil. Me deslicé por el pasillo con todo el silencio que pude y me asomé por la puerta.

Barrymore estaba inclinado ante la ventana; sostenía la vela ante el vidrio. Lo veía casi de perfil, y era como si tuviera la cara rígida de expectación mientras miraba la oscuridad del páramo. Pasó varios minutos observando con atención. Después soltó un gruñido hondo y apagó la luz con gesto de impaciencia. Yo me dirigí al instante a mi cuarto, y muy poco después pasaron por delante de éste de nuevo los pasos furtivos en su camino de vuelta. Mucho más tarde, cuando ya me había quedado en un estado de sopor, oí girar una llave en una cerradura por alguna parte, aunque no supe de dónde procedía el sonido. No se me alcanza qué significa todo esto, pero en esta casa tenebrosa hay algún asunto secreto que acabaremos por penetrar tarde o temprano. No voy a molestarlo con mis teorías, ya que usted me pidió que me ciñera únicamente a los hechos. Esta mañana he tenido una larga conversación con sir Henry y hemos trazado un plan de campaña fundado en mis observaciones de anoche. No voy a contárselo ahora mismo, pero servirá para llenar de interés mi próximo informe.

CAPÍTULO IX

UNA LUZ EN EL PÁRAMO
(SEGUNDO INFORME
DEL DOCTOR WATSON)

Palacio de Baskerville, 15 de octubre.

Estimado Holmes:

Si bien me vi obligado a dejarlo sin muchas noticias en los primeros días de mi misión, deberá reconocer usted que estoy recuperando el tiempo perdido y que los sucesos se nos amontonan encima. Terminé mi último informe dejándolo en suspenso con Barrymore ante la ventana, y ahora ya tengo un saldo pendiente que le sorprenderá bastante, si no me equivoco. Los hechos han tomado un rumbo que yo no podía prever. En algunos sentidos se han aclarado mucho en las últimas cuarenta y ocho horas, y en otros se han complicado más. Pero se lo contaré todo y juzgará usted por sí mismo.

La mañana siguiente a mi aventura, antes del desayuno, bajé al fondo del pasillo y examiné la habitación donde había estado Barrymore la noche anterior. La ventana que daba al oeste, por la que miraba él con tanta atención, tiene, según observé, una particularidad que la distingue de todas las demás ventanas de la casa: es la que domina el páramo más de cerca. Hay un espacio entre dos árboles que permite observar las proximidades desde este punto, mientras que desde todas las demás ventanas sólo se ve de lejos. De esto se deduce, por lo tanto, que, dado que sólo esta ventana podía servir para tal fin, Barrymore debía de observar algo o a alguien que estuviera en el páramo. Hacía una noche muy oscura, de modo que no se me ocurre cómo podía esperar ver a nadie. Se me había ocurrido que podía tratarse de alguna intriga amorosa. Así se explicarían sus movimientos disimulados y, además, la desazón de su esposa. Es un hombre apuesto, muy bien dotado para ganarse el corazón de alguna moza del campo, de manera que esta teoría parecía sustentarse. El ruido de la puerta que oí abrirse después de volver a mi cuarto podría significar que había salido a alguna cita clandestina. Tuve estos razonamientos conmigo mismo a la mañana siguiente, y le comunico a usted hacia dónde apuntaban mis sospechas por mucho que el desenlace mostrara cuán erróneas eran.

Con todo, fuera cual fuese la verdadera explicación de los movimientos de Barrymore, me pareció que yo no podía correr con la responsabilidad de reservarme la información hasta poder explicarlos. Después del desayuno, mantuve una entrevista con el baronet en su despacho y le conté todo lo que había visto. Le sorprendió menos de lo que yo esperaba.

—Ya sabía que Barrymore andaba por ahí por las noches, y tenía intención de decirle algo al respecto —me dijo—. Lo he oído ir y venir por el pasillo dos o tres veces, hacia la hora que dice usted.

—Entonces, puede que haga una visita a esa ventana concreta todas las noches —propuse.

—Puede que sí. En tal caso, podremos seguirlo y ver qué se trae entre manos. Me pregunto qué haría su amigo Holmes si estuviera aquí.

—Creo que haría exactamente lo que propone usted —dije—. Seguiría a Barrymore y lo observaría.

—Entonces lo haremos juntos.

—Pero nos oirá, sin duda.

—El hombre es más bien sordo, y, en cualquier caso, debemos correr el riesgo. Esta noche nos quedaremos sentados en mi cuarto y esperaremos a que pase.

Sir Henry se frotaba las manos de gusto, y saltaba a la vista que recibía con agrado aquella aventura, que daba algo de variedad a su vida en el páramo, más bien monótona.

El baronet ha mantenido contactos con el arquitecto que le preparó los planos a sir Charles y con un contratista de obras de Londres, de modo que podemos esperar que empiecen a producirse aquí grandes cambios dentro

de poco. Han venido decoradores y vendedores de muebles de Plymouth, y está claro que nuestro amigo tiene ideas y medios en abundancia y que no piensa ahorrar esfuerzos ni gastos para restaurar la grandeza de su familia. Cuando la casa esté renovada y amueblada, sólo le faltará una esposa para que esté completa. Dicho sea entre nosotros, hay indicios bastante claros de que ésta no faltará si la dama quiere, pues rara vez he visto a un hombre más prendado de una mujer que lo está él de nuestra hermosa vecina la señorita Stapleton. Sin embargo, el amor verdadero no sigue un curso tan regular como podría esperarse en estas circunstancias. Hoy, por ejemplo, se vio agitado por una oleada muy inesperada, que ha causado bastante perplejidad y enfado a nuestro amigo.

Después de la ya mencionada conversación acerca de Barrymore, sir Henry se puso el sombrero y se dispuso a salir. Yo hice otro tanto como cosa natural.

—¿Cómo, viene usted, Watson? —me preguntó, mientras me miraba de un modo curioso.

—Depende de si va a salir usted al páramo —dije yo.

—Sí, voy al páramo.

—Pues bien, ya sabe usted las instrucciones que tengo. Lamento entrometerme, pero ya oyó usted con cuanto ahínco insistió Holmes en que no lo dejara de mi lado, y sobre todo en que no saliera solo al páramo.

Sir Henry me puso la mano en el hombro con una sonrisa amable.

—Mi querido amigo —me dijo—: Holmes, con toda su sabiduría, no previó algunas cosas que han pasado desde que llegué al páramo. ¿Me entiende usted? Estoy seguro de que de todos los hombres del mundo usted es el que menos querría hacer de aguafiestas. Debo salir solo.

Aquello me ponía en una situación muy difícil. No supe qué decir ni qué hacer, y antes de que hubiera tomado una decisión, él tomó su bastón y se marchó.

Pero cuando me puse a reflexionar sobre la cuestión, mi conciencia me reprochaba vivamente que lo hubiera dejado perderse de mi vista bajo pretexto alguno. Me imaginaba lo que habría de sentir si tuviera que presentarme ante usted a confesarle que había sucedido alguna desgracia

por no haber atendido yo a sus instrucciones. Le aseguro que me sonrojé sólo de pensarlo. Quizá estuviera a tiempo de alcanzarlo todavía, de modo que me puse en camino enseguida hacia la casa Merripit.

Corrí por la carretera con toda la prisa que pude sin ver rastro de sir Henry, hasta que llegué al lugar donde arranca el camino que se adentra por el páramo. Allí, temiendo haber ido en sentido equivocado, me subí a una colina desde la que podía ver a lo lejos, la misma colina en la que se abrió una cantera. Lo vi enseguida desde allí. Iba por el camino del páramo, a cosa de un cuarto de milla, y tenía a su lado a una dama que sólo podía ser la señorita Stapleton. Estaba claro que ya se entendían y que habían acudido a una cita. Caminaban despacio, absortos en su conversación, y vi que ella hacía leves movimientos vivos con las manos como subrayando mucho lo que decía; mientras tanto, él la escuchaba con atención, y sacudió en una o dos ocasiones la cabeza como negando vigorosamente. Me quedé de pie entre las piedras, mirándolos, muy perplejo, pues no sabía qué debía hacer a continuación. Seguirlos e inmiscuirme en su conversación íntima parecía un ultraje; aunque estaba claro, no obstante, que mi deber era no perderlo de vista ni por un momento. Espiar a un amigo era una tarea odiosa. Sin embargo, no se me ocurrió partido mejor que observarlo desde la colina y quitarme después el peso de la conciencia confesándole lo que había hecho. Es verdad que si lo hubiera amenazado algún peligro repentino yo estaba demasiado lejos para servirle de nada; sin embargo, estoy seguro de que reconocerá usted que mi situación era muy difícil y no podía hacer más.

Nuestro amigo sir Henry y la dama se habían detenido en el camino y seguían muy absortos en su conversación, de pie, cuando advertí de pronto que yo no era el único testigo de su entrevista. Me llamó la atención una mancha verde que flotaba por el aire, y al echarle otra mirada descubrí que la llevaba en la punta de un palo un hombre que se movía por el terreno accidentado. Era Stapleton con su cazamariposas. Estaba mucho más cerca de la pareja que yo, y parecía que se movía hacia ellos. En aquel instante, sir Henry atrajo de pronto a su lado a la señorita Stapleton. La rodeó con el brazo, pero me pareció que ella se le resistía y apartaba la cara. Él bajó la cabeza hacia la de ella y ella levantó una mano como en gesto de protesta. Un momento más tarde los vi separarse de repente y volverse aprisa. La causa de la interrupción era Stapleton. Corría hacia ellos enloquecidamente, arrastrando tras de sí su ridículo cazamariposas. Se puso a gesticular y casi a bailar de agitación delante de los enamorados. No podía figurarme qué significaba aquella escena, aunque me parecía que Stapleton estaba vituperando a sir Henry, quien le ofrecía explicaciones que se volvieron más airadas cuando el otro se negó a aceptarlas. La dama se mantenía al margen en silencio altivo. Por fin, Stapleton se volvió y llamó con ademán apremiante a su hermana, quien, tras dirigir una mirada indecisa a sir Henry, se puso en camino junto a su hermano. Los gestos iracundos del naturalista ponían de manifiesto que su disgusto se extendía a la dama. El baronet se quedó plantado durante un rato viéndolos alejarse, y después emprendió despacio el camino de vuelta con la cabeza baja, la imagen misma del abatimiento.

No pude figurarme qué significaba todo aquello, aunque estaba avergonzado profundamente de haber sido testigo de una escena tan íntima sin el conocimiento de mi amigo. Por ello, corrí cuesta abajo y me reuní con sir Henry al pie de la colina. Tenía la cara enrojecida de ira y la frente fruncida, como quien no tiene idea de qué ha de hacer.

—¡Hola, Watson! ¿De dónde sale usted? —me dijo—. ¿No irá a decirme que me ha seguido a pesar de todo?

Se lo expliqué todo: que me había resultado imposible quedarme atrás, que lo había seguido y que había presenciado todo lo que había pasado. Me miró por un instante con chispas en los ojos, pero mi franqueza aplacó su ira y acabó por soltar una risa bastante amarga.

—Yo creía que uno podía tener algo de intimidad en medio de esa pradera —dijo—, pero, truenos, parece como si toda la comarca hubiera salido a verme cortejar... ¡Y bastante mal, por cierto! ¿Dónde había tomado usted su butaca?

—Estaba en lo alto de esa colina.

—Asiento de gallinero, ¿eh? Pero el hermano de ella estaba en primera fila. ¿Vio usted cómo se presentó ante nosotros?

—Sí, lo vi.

—¿Le había parecido a usted que estuviera loco este hermano suyo?

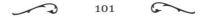

—No puedo decir que me lo haya parecido.

—Supongo que no. Yo mismo lo había considerado bastante cuerdo hasta hoy, pero créame usted lo que le digo: o él o yo estamos para que nos pongan la camisa de fuerza. En todo caso, ¿qué tengo yo de malo? Lleva usted varias semanas conviviendo conmigo, Watson. Dígame, con franqueza, ¿tengo algo que me pudiera impedir ser buen marido de la mujer que amara?

—Yo diría que no.

—El hermano no puede poner ningún reparo a mi situación social, de modo que me debe tener alguna tirria personal a mí. ¿Qué tendrá en mi contra? Yo no he hecho daño en toda mi vida a ningún hombre ni mujer, que yo sepa. Sin embargo, no me consiente ni que le toque la punta de los dedos.

—¿Eso dijo?

—Eso y mucho más. Le digo, Watson, que aunque sólo hace unas semanas que la conozco, tuve desde el primer momento la sensación de que estaba hecha para mí, y ella también; ella era feliz cuando estaba conmigo, puedo jurarlo. En los ojos de una mujer hay una luz que habla con más fuerza que las palabras. Pero él no nos ha dejado nunca estar juntos, y sólo hoy tuve por primera vez la ocasión de cruzar unas palabras a solas con ella. Ella accedió a reunirse conmigo de buena gana, pero cuando nos vimos no quería hablar de amor, y tampoco me habría consentido hablar de amor a mí si lo hubiera podido impedir. No hacía más que repetirme que este lugar es peligroso, y que ella no sería feliz hasta que yo me hubiera marchado de aquí. Yo le dije que no tenía prisa por marcharme desde que la había visto y que si lo que quería de verdad era que yo me marchara, la única manera de organizarlo era arreglar las cosas para que ella se viniera conmigo. Dicho esto, le pedí abiertamente que se casara conmigo, pero antes de que hubiera tenido tiempo de responderme, apareció ese hermano suyo corriendo hacia nosotros con cara de loco. Estaba blanco de rabia, y esos ojos claros que tiene le ardían de furia. ¿Qué hacía yo con la dama? ¿Cómo me atrevía a brindarle atenciones que a ella le desagradaban? ¿Me había creído que podía hacer lo que quisiera por ser noble? Habría sabido responderle mejor si no hubiera sido hermano de ella. En las circunstancias en que estaba, le dije que mis sentimientos hacia su hermana no tenían nada de deshonrosos y que tenía la esperanza de que pudiera hacerme el honor de ser mi esposa. Como no pareció que esto aliviara en nada la situación, yo perdí también los estribos y le respondí con más acaloramiento quizá del que debía, teniendo en cuenta que ella estaba delante. Así que la cosa terminó marchándose él con ella, como vio usted, y aquí me he quedado, tan perplejo como el que más de todo este condado. Si me explica usted qué significa todo esto, Watson, yo le quedaré en deuda para toda la vida.

Probé a dar una o dos explicaciones, pero la verdad era que yo también estaba completamente perplejo. El título de nuestro amigo, su fortuna, su edad, su reputación y su aspecto estaban a su favor, y yo no sé nada en su contra, aparte de aquel hado oscuro que perseguía a su familia. Es sorprendente que se rechacen sus pretensiones con tal brusquedad sin tener en cuenta en absoluto los deseos de la dama, y que la dama misma acepte la situación sin protestar. Sin embargo, aquella misma tarde recibimos una visita del propio Stapleton que puso fin a nuestras conjeturas. Había venido a presentar disculpas por su descortesía de aquella mañana, y tras mantener una larga entrevista en privado con sir Henry en el despacho de éste, la consecuencia de su conversación fue que la herida quedó bien curada y que en muestra de ello iremos a cenar a la casa Merripit el próximo viernes.

—Sigo sin poder afirmar que no esté loco —dijo sir Henry—. No se me olvida la mirada que tenía esta mañana cuando corrió hacia mí; aunque debo admitir que nadie podría presentar unas disculpas más completas que las que me ha dado.

—¿Dio alguna explicación de su conducta?

—Dice que su hermana lo es todo para él. Es natural, y me alegro de que la valore. Siempre han vivido juntos, y, según lo cuenta él, ha sido un hombre muy solitario que sólo la ha tenido a ella por compañera, de modo que la idea de perderla era francamente terrible para él. Dijo que no había entendido que yo le estuviera cobrando cariño, y que cuando vio con sus propios ojos que así era y que podría verse separado de ella, se había llevado tal impresión que no fue responsable de sus palabras ni de sus actos durante un rato. Lamentaba mucho todo lo sucedido y reconocía lo necio y lo egoísta que era por su parte imaginarse que podía tener a su lado a una mujer hermosa como era su hermana durante toda la vida de ella. Si tenía que salir de su lado, él prefería que fuera para irse con un vecino como yo, antes que con cualquier otro. Con todo, aquello representaba todo un golpe para él y tardaría algún tiempo en hacerse a la idea. Estaba dispuesto a retirar toda oposición por su parte si yo prometía dejar pendiente la cuestión durante tres meses y contentarme con cultivar la amistad de la dama durante ese plazo sin pedirle su amor. Yo se lo prometí así, y así ha quedado la cosa.

Así se resuelve, por lo tanto, uno de nuestros pequeños misterios. Ya es algo haber tocado fondo en alguna parte de este lodazal en el que nos hundimos. Ahora ya sabemos por qué veía con malos ojos Stapleton al pretendiente de su hermana, aun cuando este pretendiente era tan buen partido como lo es sir Henry. Y ahora paso a otro hilo que he desentrañado de la maraña revuelta, el misterio de los sollozos nocturnos, de las huellas de lágrimas en la cara de la señora Barrymore, del viaje secreto del mayordomo a la ventana del oeste. Felicíteme usted, mi querido Holmes, y dígame que no lo he desilusionado como agente, que no lamenta la confianza en mí que me demostró al enviarme. Todas estas cosas han quedado aclaradas del todo en una noche de trabajo.

He dicho «en una noche de trabajo», pero la verdad es que fueron dos noches de trabajo, pues en la primera no obtuvimos resultado alguno. Me quedé sentado en guardia con sir Henry en sus habitaciones hasta casi las tres de la madrugada, pero no oímos ruido de ninguna clase salvo las campanadas del reloj de la escalera. Fue una vigilia muy melancólica, y terminamos quedándonos dormidos los dos en nuestras butacas. Por fortuna, no nos desanimamos y nos decidimos a probar suerte de nuevo. A la noche siguiente amortiguamos la luz de la lámpara y nos quedamos sentados fumando cigarrillos sin hacer el menor ruido. Era increíble lo despacio que transcurrían las horas; no obstante, nos ayudó a soportar la espera ese mismo interés paciente que debe de sentir el cazador que vigila la trampa donde espera que pueda caer la presa. Dio la una, y las dos, y casi estábamos por dejarlo por segunda vez, desanimados, cuando en un mismo instante los dos nos incorporamos a la vez en nuestras butacas con los sentidos despiertos y alertas de nuevo. Habíamos oído el crujido de unas pisadas en el pasillo.

Las oímos pasar con el mayor sigilo hasta que se perdieron a lo lejos. Entonces el baronet abrió la puerta de su cuarto con suavidad y salimos tras ellos. Nuestro hombre ya había pasado a la galería y el pasillo estaba a oscuras. Avanzamos en silencio hasta que llegamos a la otra ala. Alcanzamos a ver por un momento la figura alta de barba negra con los hombros hundidos, que bajaba por el pasillo de puntillas. Después entró por la misma puerta de la otra vez, y la luz de la vela la enmarcó en la oscuridad y lanzó un único haz amarillo entre las tinieblas del pasillo. Nos aproximamos con cautela, tanteando cada tabla del suelo antes de cargar sobre ella todo el peso del cuerpo. Habíamos tomado la precaución de quitarnos los zapatos, pero, aun así, las tablas viejas crujían y chascaban a nuestro paso. A veces parecía imposible que no nos oyera llegar. Sin embargo, y por fortuna, el hombre es algo sordo y estaba completamente absorto en lo que hacía. Cuando alcanzamos por fin la puerta y nos asomamos, nos lo encontramos inclinado ante la ventana, con la vela en la mano, la cara pálida y atenta apoyada en el vidrio, tal y como lo había visto yo hacía dos noches.

No habíamos acordado ningún plan de campaña, pero el baronet es un hombre al que siempre resulta más natural el medio más directo. Entró en la habitación, y Barrymore se apartó de la ventana de un brinco soltando un resoplido brusco y se quedó de pie, lívido y tembloroso, ante nosotros. Nos miraba alternativamente a sir Henry y a mí, con los ojos oscuros llenos de horror y asombro en la máscara pálida de su rostro.

—¿Qué hace aquí, Barrymore?

—Nada, señor. —Estaba tan agitado que apenas era capaz de hablar, y la vela le temblaba haciendo saltar las sombras—. Era la ventana, señor. Me doy una vuelta por las noches para comprobar que estén bien cerradas.

—¿Las del segundo piso?

—Sí, señor, todas las ventanas.

—Mire, Barrymore —dijo sir Henry con severidad—, estamos decididos a sacarle la verdad, así que más le vale contarla antes que después. ¡Vamos! ¡Nada de mentiras! ¿Qué hacía en esa ventana?

El hombre nos miró con impotencia y se retorció las manos como en el colmo de la duda y el infortunio.

—No hacía daño alguno, señor. Sostenía una vela ante la ventana.

—¿Y por qué sostenía usted una vela ante la ventana?

—No me lo pregunte, sir Henry... ¡No me lo pregunte! Le doy a usted mi palabra, señor, de que el secreto no es mío y de que no puedo desvelarlo. No intentaría ocultárselo a usted si sólo me atañera a mí.

Se me ocurrió de pronto una idea, y tomé la vela de la mano temblorosa del mayordomo.

—Debía de sostenerla a modo de señal —dije—. Veamos si hay respuesta.

La sostuve como había hecho él y miré la oscuridad de la noche. Distinguí vagamente la arboleda negra y la extensión más clara del páramo, pues la luna estaba oculta tras las nubes. Y solté entonces una exclamación de júbilo, pues un punto minúsculo de luz amarilla había traspasado de pronto el velo negro y brillaba fijo en el centro del cuadro negro al que servía de marco la ventana.

—¡Allí está! —exclamé.

—¡No, no, señor, no es nada... Nada en absoluto! —intervino el mayordomo—. Se lo aseguro a usted, señor...

—¡Mueva la luz de un lado a otro de la ventana, Watson! —exclamó el baronet—. ¡Mire, la otra se mueve también! ¿Vas a negar ahora que es una señal, canalla? ¡Vamos, habla! ¿Quién es ese cómplice tuyo que está allá y qué conspiración es ésta?

El hombre puso cara de franco desafío.

—Eso es asunto mío y no de usted. No lo diré.

—Entonces deja usted de estar a mi servicio desde ahora mismo.

—Muy bien, señor. Lo que ha de ser, será.

—Y de una manera deshonrosa. Truenos, debería darle vergüenza. Su familia ha convivido con la mía bajo este techo durante más de cien años, y ahora me lo encuentro metido en una intriga oscura contra mí.

—¡No, no, señor, no es contra usted!

Era una voz de mujer, y la señora Barrymore, más pálida y horrorizada que su marido, estaba de pie en la puerta. Su figura voluminosa, con chal y

falda, podría haber resultado cómica si no hubiera sido por el intenso sentimiento de su rostro.

—Tenemos que irnos, Eliza. Esto se acabó. Puedes preparar nuestro equipaje —dijo el mayordomo.

—Ay, John, John, ¡que yo te haya hecho esto! La culpa es mía, sir Henry, sólo mía. Él no ha hecho nada salvo por mi causa y porque yo se lo pedí.

—¡Hable, entonces! ¿Qué significa esto?

—Mi desventurado hermano se muere de hambre en el páramo. No podemos dejarlo perecer ante nuestra misma puerta. La luz le indica que está dispuesta la comida para él, y la suya de ahí fuera es para mostrar el lugar al que se ha de llevar.

—Entonces su hermano es...

—El preso fugado, señor; Selden, el criminal.

—Es verdad, señor —dijo Barrymore—. Ya le dije a usted que el secreto no era mío y que no podía desvelárselo. Pero ahora que ya lo ha oído, verá que si había alguna intriga no era contra usted.

Así se explicaban, pues, las salidas furtivas de noche y la luz ante la ventana. Sir Henry y yo nos quedamos mirando a la mujer con asombro. ¿Era posible que aquella persona tan seria y respetable tuviera la misma sangre que uno de los criminales más notorios del país?

—Sí, señor, mi apellido de soltera es Selden, y es mi hermano menor. Lo malcriamos demasiado cuando era mozo y se lo consentimos todo, hasta que llegó a creerse que el mundo estaba hecho para su deleite y que podía hacer en él lo que quisiera. Después, al hacerse mayor, dio con malas compañías y se le metió el demonio en el cuerpo hasta que partió el corazón a mi madre y arrastró nuestro apellido por el fango. Se hundió más y más, de delito en delito, hasta que sólo la misericordia de Dios lo ha salvado de la horca; pero para mí, señor, siempre fue el niño de cabellos rizados que yo había cuidado y con el que había jugado como hermana mayor. Por eso se ha escapado de la cárcel, señor. Sabía que yo estaba aquí y que no podríamos negarnos a ayudarle. Cuando llegó arrastrándose aquí una noche, agotado y muerto de hambre, con los guardias pisándole los talones, ¿qué íbamos a hacer nosotros? Lo acogimos, le dimos de comer y lo cuidamos.

Después regresó usted, señor, y a mi hermano le pareció que estaría más seguro en el páramo que en cualquier otra parte hasta que hubiera cesado la alarma, de manera que se quedó allí escondido. Pero comprobábamos cada dos noches si seguía allí poniendo una luz en la ventana, y si había respuesta mi marido le llevaba pan y carne. Esperábamos cada día que se hubiera marchado, pero no podíamos abandonarlo mientras siguiera allí. Ésta es toda la verdad, se lo digo como buena cristiana, y verá usted que, si hay alguna culpa en la cuestión, no es de mi marido sino mía, pues todo lo ha hecho por mí.

Las palabras de la mujer estaban cargadas de una sinceridad intensa que convencía.

—¿Es verdad esto, Barrymore?

—Sí, sir Henry. Hasta la última palabra.

—Bueno, no puedo culparlo por haber sido leal a su propia esposa. Olvide lo que he dicho. Vuélvanse los dos a su cuarto y ya hablaremos de esto por la mañana.

Cuando se hubieron marchado, volvimos a mirar por la ventana. Sir Henry la había abierto de par en par, y el viento frío de la noche nos daba en la cara. A lo lejos seguía brillando en la oscuridad aquel punto minúsculo de luz amarilla.

—Me extraña que se atreva —dijo sir Henry.

—Puede que esté colocada de tal modo que sólo se vea desde aquí.

—Es muy probable. ¿A qué distancia le parece que está?

—Creo que estará por el Tolmo Hendido.

—No está a más de una o dos millas.

—No será tanto.

—Bueno, no puede estar lejos si Barrymore le tiene que llevar la comida. Y ese bellaco está esperando junto a esa vela. Truenos, Watson, ¡voy a salir a atrapar a ese hombre!

A mí se me había ocurrido lo mismo. No era como si los Barrymore nos hubieran confiado su secreto. Se les había arrancado a la fuerza. Aquel hombre era un peligro para la comunidad, un canalla sin remedio que no merecía compasión ni disculpas. Al aprovechar aquella ocasión de volver

a llevarlo donde no pudiera causar daño, no hacíamos más que cumplir con nuestro deber. Con aquel carácter brutal y violento, si nosotros nos retraíamos, otros tendrían que sufrir las consecuencias. Cualquier noche, por ejemplo, podía atacar a nuestros vecinos los Stapleton, y puede que fuera esta idea la que animaba tanto a sir Henry a embarcarse en la aventura.

—Iré yo también —dije.

—Entonces tome su revólver y póngase las botas. Cuanto antes partamos, mejor, pues el sujeto puede apagar su vela y marcharse.

Al cabo de cinco minutos salíamos por la puerta y emprendíamos nuestra expedición. Cruzamos aprisa la arboleda oscura, entre el lamento sordo del viento otoñal y el crujido de las hojas caídas. El aire de la noche estaba cargado de olor a humedad y podredumbre. La luna se asomaba por un instante de vez en cuando, pero las nubes flotaban por la faz del cielo, y cuando salíamos al páramo empezó a lloviznar. La luz seguía encendida e inmóvil ante nosotros.

—¿Va usted armado? —le pregunté.

—Llevo una fusta de caza.

—Debemos caerle encima rápidamente, pues se dice que es un sujeto desesperado. Lo pillaremos por sorpresa y lo tendremos a nuestra merced antes de que tenga tiempo de resistirse.

—Oiga, Watson —dijo el baronet—, ¿qué diría Holmes de esto? ¿Qué hay de las horas oscuras en que se exaltan los poderes del mal?

Como en respuesta a estas palabras surgió de pronto de las vastas tinieblas del páramo aquel grito extraño que yo había oído ya al borde de la gran ciénaga de Grimpen. Lo trajo el viento entre el silencio de la noche, un murmullo largo y profundo seguido de un aullido creciente, y por fin el lamento triste en que se iba apagando. Sonó una y otra vez, todo el aire palpitaba con su sonido estridente, salvaje y amenazador. Sir Henry me asió de la manga, y la palidez de su cara destacaba en la oscuridad.

—Dios mío, Watson, ¿qué es eso?

—No lo sé. Es un ruido propio del páramo. Ya lo había oído una vez.

Se apagó, y nos rodeó un silencio absoluto. Nos quedamos inmóviles, escuchando con atención, pero no llegó sonido alguno.

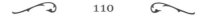

—Watson —dijo sir Henry—, era el aullido de un perro.

La sangre se me heló en las venas, pues tenía una alteración en la voz que manifestaba el horror repentino que se había apoderado de él.

—¿Cómo llaman a ese ruido? —me preguntó.

—¿Quiénes?

—Las gentes del campo.

—Ah, son gente ignorante. ¿Qué importancia tiene para usted cómo lo llamen?

—Dígamelo, Watson. ¿Qué dicen que es?

Titubeé, pero no pude rehuir la pregunta.

—Dicen que es el aullido del perro de los Baskerville.

Soltó un lamento y se quedó callado unos instantes.

—Sí que era un perro —dijo al fin—, pero parecía que sonaba a varias millas de distancia, por allá, creo.

—Era difícil determinar de dónde venía.

—Subía y bajaba con el viento. ¿No cae hacia allí la gran ciénaga de Grimpen?

—Sí.

—Pues era por allí. Vamos, Watson, ¿no cree usted también que era el aullido de un perro? No soy ningún niño. No tema decir la verdad.

—La otra vez que lo oí estaba con Stapleton. Dijo que podía ser el canto de un ave rara.

—No, no, era un perro. Dios mío, ¿Es posible que haya algo de verdad en todos estos cuentos? ¿Es posible que yo corra un verdadero peligro por una causa tan oscura? No lo creerá usted, ¿verdad, Watson?

—No, no.

—Con todo, una cosa era reírse de ello en Londres y otra es estar aquí, en la oscuridad del páramo y oír un aullido como ése. Y ¡mi tío! Se encontró junto a su cadáver la huella del perro. Todo encaja. No me tengo por cobarde, Watson, pero me ha parecido como si ese sonido me helara la sangre. ¡Mire cómo tengo la mano!

La tenía fría como un bloque de mármol.

—Estará bien mañana.

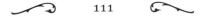

—No creo que pueda quitarme de la cabeza ese aullido. ¿Qué propone que hagamos ahora?

—¿Nos volvemos?

—No, truenos; hemos salido a atrapar a ese hombre y lo atraparemos. Nosotros perseguimos al presidiario, y parece que a nosotros nos persigue un perro infernal. ¡Vamos! Llegaremos hasta el final, aunque estén sueltos por el páramo todos los diablos del averno.

Seguimos avanzando despacio en la oscuridad a tropezones, rodeados por las siluetas de las colinas escarpadas y con la mota amarilla de luz que ardía constante ante nosotros. Nada tan engañoso como la distancia de una luz en una noche cerrada, y unas veces parecía como si el brillo estuviera a lo lejos, sobre el horizonte, y otras que lo teníamos a pocos metros por delante. Sin embargo, pudimos ver al fin de dónde salía, y advertimos entonces que estábamos muy cerca, en efecto. Había un cabo de vela pegado en una hendidura de las rocas y protegida por éstas a ambos lados para resguardarlo del viento y también para impedir que fuera visible salvo en la dirección del palacio de Baskerville. Un peñasco de granito nos ocultó al acercarnos, y agachados tras él observamos la luz que servía de señal. Era extraño ver arder aquella única vela en pleno páramo, sin señal de vida en sus proximidades: sólo una llama amarilla, recta, y el brillo de la roca a los dos lados.

—¿Qué hacemos ahora? —susurró sir Henry.

—Esperemos aquí. Debe de estar cerca de su luz. Veamos si podemos echarle el ojo encima.

Apenas había terminado de pronunciar estas palabras cuando ambos lo vimos. Sobre las peñas, en la hendidura donde ardía la vela, se asomaba una cara amarilla maligna, una cara terrible, bestial, con la huella y la marca de las bajas pasiones. Sucia de barro, con la barba hirsuta y cubierta de pelo enmarañado, bien podía ser la cara de uno de aquellos salvajes antiguos que habían vivido en los tugurios de las laderas. La luz que tenía más abajo se le reflejaba en los ojillos astutos que atisbaban ferozmente a izquierda y derecha entre la oscuridad como los de un animal astuto y salvaje que ha oído los pasos de los cazadores.

Era evidente que algo había despertado sus sospechas. Puede que Barrymore tuviera alguna señal secreta que nosotros no habíamos dado, o puede que el sujeto tuviera algún otro motivo para considerar que algo marchaba mal; en cualquier caso, leí el miedo en su cara perversa. Podía apagar la luz en cualquier momento y perderse en la oscuridad. Por ello, me adelanté de un salto, y sir Henry hizo lo mismo. En aquel mismo instante el presidiario nos gritó una maldición y nos arrojó una piedra que se hizo pedazos contra la peña que nos había ocultado. Vi por un momento su figura de hombre pequeño, achaparrado, fuerte, cuando se levantó de un salto y echó a correr. En aquel momento, por azar afortunado, salió la luna entre las nubes. Alcanzamos corriendo la cumbre de la colina y vimos bajar a nuestro hombre a gran velocidad por el otro lado, saltando por el camino de piedra en piedra con la agilidad de una cabra montés. Podía herirlo desde aquella distancia de un tiro de revólver con un poco de suerte, pero si había traído el arma había sido sólo para defenderme en caso preciso y no para disparar a un hombre desarmado que huía.

Los dos éramos buenos corredores y estábamos relativamente en forma, pero no tardamos en advertir que no teníamos ninguna posibilidad de alcanzarlo. Seguimos viéndolo largo rato a la luz de la luna hasta que no fue más que una mancha pequeña que se movía veloz entre las peñas de la ladera de una colina lejana. Seguimos corriendo hasta que nos quedamos completamente sin aliento, pero cada vez nos cobraba más ventaja. Por fin, nos detuvimos y nos sentamos en sendas piedras, jadeantes, mientras lo veíamos perderse a lo lejos.

Y en aquel momento sucedió una cosa muy extraña e inesperada. Nos habíamos levantado de las piedras y nos disponíamos a volver a casa, habiendo abandonado la persecución inútil. La luna estaba a baja altura, a la derecha, y sobre la curva inferior de su disco plateado se alzaba el pico quebrado de un tolmo de granito. Vi allí, de silueta tan negra como una estatua de ébano sobre aquel fondo brillante, la figura de un hombre sobre el tolmo. No crea usted que fue una ilusión, Holmes. Le aseguro que en mi vida he visto nada con tanta claridad. Por lo que pude juzgar, era la figura de un hombre alto y delgado. Estaba de pie, con las piernas algo separadas,

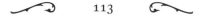

los brazos cruzados, la cabeza baja, como contemplando con reflexión aquella extensión desolada e inmensa de turba y granito que tenía ante sí. Podía ser el espíritu mismo de aquel lugar terrible. No era el presidiario. Aquel hombre estaba lejos de la parte por donde había desaparecido éste. Además, era un hombre mucho más alto. Se lo señalé al baronet soltando una exclamación de sorpresa, pero en el instante que tardé en volverme y tomarlo del brazo el hombre desapareció. El pico agudo de granito seguía cortando el borde inferior de la luna, pero en su cúspide no había rastro de aquella figura silenciosa e inmóvil.

Quise ir en aquella dirección y registrar el tolmo, pero estaba bastante lejos. Sir Henry tenía todavía los nervios de punta por aquel aullido que le había recordado la historia oscura de su familia y no estaba con ánimos para emprender nuevas aventuras. Él no había visto a aquel hombre solitario del tolmo y no podía sentir la emoción que me había producido a mí su extraña presencia y su aspecto imponente.

—Será un guardia, sin duda —dijo—. El páramo está lleno desde que se escapó ese sujeto.

Bueno, puede que su explicación sea la acertada, pero a mí me gustaría tener más pruebas de ello. Hoy pensamos comunicar a las autoridades de Princetown dónde deben buscar al fugitivo, pero es una pena que no podamos gozar de la gloria de llevárselo habiéndolo atrapado nosotros mismos. Éstas fueron las aventuras de anoche, y deberá reconocer usted, mi querido Holmes, que no me he portado mal en cuanto a la redacción de este informe. Sin duda, una buena parte de lo que le cuento será irrelevante, aunque no deja de parecerme mejor comunicarle a usted todos los datos y dejar que seleccione usted los que más le sirvan para sus conclusiones. Estamos avanzando algo, desde luego. En lo que respecta a los Barrymore, hemos descubierto el motivo de sus actos, con lo que se ha aclarado mucho la situación. Sin embargo, el páramo, con sus misterios y sus habitantes extraños, sigue tan inescrutable como siempre. Quizá pueda arrojar alguna luz sobre esto también en mi próximo informe. Lo mejor de todo sería que pudiera venirse usted con nosotros. En cualquier caso, volverá a tener noticias mías dentro de pocos días.

CAPÍTULO X

EXTRACTO DEL DIARIO DEL DOCTOR WATSON

Hasta aquí he podido reproducir pasajes de los informes que fui enviando a Sherlock Holmes en los primeros días. No obstante, llego ahora a un punto de mi narración en que me veo obligado a abandonar este método y a confiar de nuevo en mis recuerdos, con ayuda del diario que llevaba por entonces. Algunos extractos de éste me llevarán hasta aquellas escenas que tengo grabadas en la memoria con todo detalle. Continúo, pues, desde la mañana siguiente a nuestra persecución baldía del presidiario y las otras experiencias extrañas que tuvimos en el páramo.

16 de octubre.

Día cubierto y nublado, con lluvia fina. La casa está rodeada de nubes encrespadas que se levantan de vez en cuando para dejar al descubierto las curvas tristes del páramo, con finas vetas plateadas en las laderas de las colinas y los peñascos lejanos que relucen donde la luz incide sobre sus superficies húmedas. Reina la melancolía tanto fuera como dentro de la casa. Las emociones de la noche han dejado a sir Henry sumido en un negro abatimiento. Yo mismo noto un peso en el corazón y una sensación de peligro inminente, más terrible todavía porque no soy capaz de definirlo.

Y ¿acaso no tengo motivos para albergar tal sensación? Consideremos la larga serie de incidentes que han ido indicando la existencia de alguna influencia siniestra a nuestro alrededor. La muerte del último inquilino del palacio, que se ceñía con tal exactitud a las circunstancias de la leyenda familiar, y los informes de los campesinos, que aseguran haber visto una criatura extraña en el páramo. Yo mismo he oído dos veces aquel sonido que parecía el aullido lejano de un perro. Es increíble, imposible, que se salga de las leyes naturales corrientes. Sin duda es impensable que un perro espectral pueda dejar huellas materiales y llenar el aire de sus aullidos. Puede que Stapleton se crea esa superstición, y Mortimer también, pero si alguna cualidad tengo yo en este mundo es el sentido común, y no podré creer en tal cosa de ninguna manera. Sería ponerme a la altura de esos pobres campesinos que no se contentan con un mero perro diabólico, sino que han de describir el fuego infernal que le sale de la boca y los ojos. Holmes no les prestaría atención alguna a tales fantasías, y yo estoy aquí en representación suya. Pero los hechos son los hechos, y he oído dos veces estos aullidos en el páramo. Supongamos que hay allí, en verdad, algún perro enorme suelto: esto lo explicaría todo en buena medida. Pero ¿dónde podría ocultarse tal perro? ¿Cómo se alimentaría? ¿De dónde habría salido? ¿Cómo es que no lo ve nadie de día? Es preciso reconocer que la explicación natural plantea casi tantas dificultades como la otra. Y siempre, aparte del asunto del perro, existe siempre el hecho de la intervención humana en Londres, del hombre del coche de punto y de la carta que advirtió a sir Henry que no se acercara al páramo. Todo esto era real, al menos, pero bien podía ser obra de un amigo protector tanto como de un enemigo. ¿Dónde está ahora ese amigo o enemigo? ¿Se ha quedado en Londres o nos ha seguido hasta aquí? ¿Es posible... es posible que fuera el desconocido al que vi sobre el tolmo?

Es verdad que sólo le he echado una mirada; sin embargo, podría jurar varias cosas. No es nadie que yo haya visto por aquí, y ya conozco a todos los vecinos. Era mucho más alto que Stapleton, y mucho más delgado que Frankland. Sí podría haber sido Barrymore, pero a éste lo dejamos en casa y estoy seguro de que no pudo seguirnos. Es, por lo tanto, un desconocido que nos sigue aún, como nos siguió un desconocido en Londres. No nos lo hemos quitado de encima. Si pudiera poner la mano encima a ese hombre, quizá terminasen así todas nuestras dificultades. Debo dedicar ahora todas mis energías a este único fin.

Mi primer impulso fue contarle todos mis planes a sir Henry. El segundo, y más prudente, fue seguir mi juego y decirle lo mínimo posible a nadie. Sir Henry está taciturno y aturdido. Aquel sonido que oyó en el páramo le ha alterado los nervios de un modo extraño. Sin decirle nada que aumente su inquietud, tomaré mis propias medidas para alcanzar mis fines.

Esta mañana, después del desayuno, hubo una pequeña escena. Barrymore pidió permiso para hablar con sir Henry y pasaron un breve rato encerrados los dos en su despacho. Yo, sentado en la sala de billar, oí más de una vez voces excitadas y creí entender bastante bien lo que se discutía. Al cabo de un rato, el baronet abrió la puerta y me llamó.

—Barrymore considera que tiene motivos de queja —dijo—. Cree que fue injusto por nuestra parte que saliésemos a perseguir a su cuñado cuando él nos hubo contado el secreto por voluntad propia.

El mayordomo estaba de pie ante nosotros, muy pálido pero muy sereno.

—Puede que haya hablado con demasiado acaloramiento, señor, y, en tal caso, le ruego me dispense, desde luego. Al mismo tiempo, me sorprendí mucho al oírlos volver a usted y al otro caballero esta mañana y al enterarme de que habían salido a perseguir a Selden. El pobre hombre ya tiene bastante encima sin que yo ponga a otros tras su pista.

—La cosa sería diferente si nos lo hubiera contado usted por voluntad propia —adujo sir Henry—. Sin embargo, sólo nos lo dijo, o nos lo dijo su esposa, más bien, cuando se vieron acorralados y obligados a revelarlo.

—No creía que fuera usted a aprovecharse de ello, sir Henry... No lo creía, la verdad.

—Ese hombre es un peligro público. Hay casas solitarias dispersas por el páramo, y el sujeto es capaz de cualquier cosa. Basta con echarle un vistazo a la cara para verlo. Fíjese, por ejemplo, en la casa del señor Stapleton, sin nadie más que este mismo para defenderla. Nadie estará a salvo por aquí mientras ese hombre no esté a buen recaudo.

—No entrará en ninguna casa, señor. Le doy a usted mi palabra de honor. Ni tampoco volverá a molestar a nadie de este país. Le aseguro a usted, sir Henry, que dentro de muy pocos días se habrá arreglado lo necesario para que salga para América del Sur. Por Dios, señor, le ruego que no le comunique

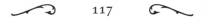

a la policía que sigue en el páramo. Ya han levantado allí la búsqueda, y puede estar tranquilo y escondido hasta que su barco esté preparado. No podrá delatarlo sin complicarnos a mi mujer y a mí. Señor, se lo ruego, no le diga nada a la policía.

—¿Qué opina usted, Watson?

Me encogí de hombros.

—Si decidiera marcharse del país, supondría una carga menos para el contribuyente.

—Pero ¿y el peligro de que asalte a alguien antes de marcharse?

—No hará tal locura, señor. Le hemos proporcionado todo lo que puede necesitar. Si cometiese un delito, se descubriría su paradero.

—Es verdad —convino sir Henry—. Bueno, Barrymore...

—¡Que Dios se lo pague, señor, y yo se lo agradezco de todo corazón! A mi pobre mujer se le habría partido el corazón si lo hubieran atrapado de nuevo.

—Supongo que nos estamos convirtiendo en cómplices y encubridores de un delito, ¿verdad, Watson? Pero después de todo lo que nos han dicho, me parece que no sería capaz de entregar a ese hombre, y así quedará la cosa. Está bien, Barrymore, puede retirarse.

El hombre se marchó tras pronunciar algunas palabras sueltas de agradecimiento, pero, tras titubear, volvió sobre sus pasos.

—Señor, ha sido usted tan bueno con nosotros que quisiera hacer a cambio por usted todo lo que pueda. Yo sé una cosa, sir Henry, que quizá debería haber contado antes, pero sólo la descubrí mucho tiempo después de que comenzase la investigación. No había dicho hasta ahora una sola palabra a persona alguna. Está relacionada con la muerte del pobre sir Charles.

El baronet y yo nos pusimos de pie de un salto.

—¿Sabe usted cómo murió?

—No, señor, eso no lo sé.

—¿De qué se trata, entonces?

—Sé por qué estaba a esa hora ante el portillo. Esperaba a una mujer.

—¡Que esperaba a una mujer! ¿Él?

—Sí, señor.

—¿Y cómo se llamaba esa mujer?

—No sé cómo se llamaba, señor, pero sí que sé sus iniciales. Sus iniciales eran L. L.

—¿Cómo sabe usted esto, Barrymore?

—Pues bien, sir Henry, su tío de usted recibió aquella mañana una carta. Solía recibir muchas cartas, pues era un personaje público y bien conocido por la bondad de su corazón, de modo que todos los que estaban en apuros recurrían a él de buena gana. Pero aquella mañana dio la casualidad de que sólo llegó aquella carta, y por eso me fijé más en ella. Venía de Coombe Tracey y la dirección estaba escrita con letra de mujer.

—¿Y bien?

—Pues bien, señor, no volví a acordarme del asunto y no me habría acordado más de no haber sido por mi esposa. Hace pocas semanas, estaba limpiando el despacho de sir Charles (desde cuya muerte no lo había tocado nadie) y encontró al fondo de la rejilla de la chimenea los restos de una carta quemada. Estaba reducida a cenizas en su mayor parte, pero quedaba un trozo sin deshacerse, el final de una página, y todavía se leía lo escrito, aunque se veía gris sobre fondo negro. Nos pareció que era una posdata al final de una carta, y decía: «Por favor, por favor, como caballero que es, queme usted esta carta y espéreme en el portillo a las diez de la noche». Venía firmado debajo con las iniciales L. L.

—¿Conserva usted ese papel?

—No, señor, se hizo pedazos cuando lo movimos.

—¿Había recibido sir Charles otras cartas escritas con la misma letra?

—Bueno, señor, yo no prestaba atención especial a sus cartas. No me habría fijado en ésta si no hubiera sido porque llegó sola.

—¿Y tiene usted idea de quién es L. L.?

—No, señor. No más que usted. Pero supongo que, si pudiésemos localizar a esa dama, sabríamos algo más acerca de la muerte de sir Charles.

—No entiendo cómo ha ocultado usted esta información tan importante, Barrymore.

—Bueno, señor, inmediatamente después de aquello nos cayó encima nuestra propia causa de inquietud. Y por otra parte, señor, mi mujer y yo apreciábamos mucho a sir Charles; con razón, teniendo en cuenta todo lo que hizo por nosotros. Sacar esto a relucir no podía hacerle ningún bien a nuestro señor difunto, y es recomendable andarse con cuidado cuando hay una dama en el asunto. Ninguno de nosotros está libre de pecado...

—¿Creyó que aquello podía dañar su reputación?

—Bueno, señor, me pareció que no podía salir ningún bien de ello. Pero ahora que usted ha sido tan bueno con nosotros, me parece que sería injusto con usted si no le contara todo lo que sé del asunto.

—Muy bien, Barrymore, puede retirarse.

Cuando nos hubo dejado el mayordomo, sir Henry se dirigió a mí.

—Y bien, Watson, ¿qué opina de este nuevo indicio?

—Me parece que deja más negro que antes lo que ya estaba oscuro.

—Eso creo yo. Aunque todo quedaría claro si localizamos a L. L. Eso llevamos ganado. Sabemos que existe alguien que conoce los datos, la cuestión es encontrarla. ¿Qué cree usted que debemos hacer?

—Comunicárselo todo a Holmes enseguida. Le proporcionará la pista que buscaba. O mucho me equivoco o esto lo hará venir.

Me retiré acto seguido a mi cuarto y redacté mi informe de la conversación de la mañana para Holmes. Me parecía claro que Holmes había estado muy ocupado últimamente, pues las notas que recibía yo de Baker Street eran pocas y escuetas, sin comentarios sobre la información que le había enviado yo, y apenas se aludía en ellas a mi misión. No cabe duda de que ese caso de chantaje le está absorbiendo todas las facultades. No obstante, este factor nuevo deberá llamarle la atención y despertar de nuevo su interés. Ojalá estuviera aquí.

17 de octubre.

Hoy cayó la lluvia a raudales todo el día, haciendo crujir la hiedra y goteando de los aleros del tejado. Pensé en el presidiario que estaba al aire libre, en el páramo desolado, frío y sin refugios. ¡Pobre diablo! Sean cuales sean sus crímenes, ya ha sufrido algo en penitencia. Y pensé después en el otro, en la cara del coche de punto, en la figura que se perfiló sobre la luna. ¿Estaba también bajo aquel diluvio el vigía oculto, el hombre de la oscuridad? Al caer la tarde me puse el impermeable y di un largo paseo por el páramo empapado,

lleno de imaginaciones oscuras, recibiendo el azote de la lluvia en la cara y oyendo el silbido del viento en mis oídos. Que Dios se apiade de los que entren ahora en la gran ciénaga, pues hasta los puntos más altos y firmes se están convirtiendo en un cenagal. Encontré el tolmo negro sobre el que había visto al vigía solitario y yo mismo oteé las lomas melancólicas desde su cumbre quebrada. Las cortinas de agua barrían su superficie parda, y las nubes espesas, de color de pizarra, se cernían a baja altura sobre el paisaje, ciñendo como guirnaldas grises las faldas de las colinas fantásticas. En la depresión lejana de la izquierda, parcialmente ocultas por la niebla, se levantaban sobre los árboles las dos torres estrechas del palacio de Baskerville. Eran las únicas señales de vida humana que veía yo, con la única excepción de las chozas prehistóricas que cubrían en abundancia las laderas de las colinas. No había por ninguna parte rastro alguno de aquel hombre solitario a quien había visto en aquel mismo lugar hacía dos noches.

Cuando volvía, me alcanzó el doctor Mortimer, que conducía su coche de caza por un camino accidentado del páramo que iba hasta la granja aislada de Foulmire. Ha sido muy atento con nosotros, y apenas ha transcurrido un día sin que se pasara por el palacio para ver cómo estábamos. Se empeñó en que me subiera a su coche y me llevó a casa. Lo encontré muy preocupado por la desaparición de su perrito spaniel. Éste había salido solo al páramo y no había regresado. Lo consolé como pude, pero pensé en el caballito de la ciénaga de Grimpen, y me parece que el doctor Mortimer no volverá a ver a su perrito.

—Por cierto, Mortimer —comenté mientras avanzábamos traqueteando por el camino accidentado—, supongo que conocerá usted a casi todas las personas que viven en los alrededores.

—Prácticamente a todas, según creo.

—¿Podría decirme, pues, el nombre de alguna mujer que tenga las iniciales L. L.?

Se lo pensó unos instantes.

—No —dijo—. Hay algunos gitanos y braceros de los que no puedo decir nada, pero no hay nadie que tenga ese nombre, ni entre los granjeros ni entre la gente acomodada. Pero, espere un momento —añadió tras una pausa—.

Hay una Laura Lyons, a la que sí que le corresponden las iniciales L. L., pero vive en Coombe Tracey.

—¿Quién es? —le pregunté.

—Es la hija de Frankland.

—¡Cómo! ¿Del viejo Frankland, el excéntrico?

—Exactamente. Se casó con un pintor apellidado Lyons, que había venido al páramo a pintar. Resultó ser un canalla y la abandonó. Por lo que he oído contar, puede que no fuese él el único culpable. El padre de ella se negó a ayudarla en nada, porque se había casado sin el consentimiento de él, y puede que por uno o dos motivos más. Así pues, entre los dos pecadores, el viejo y el joven, se lo han hecho pasar bastante mal a la muchacha.

—¿Cómo vive?

—Me parece que el viejo Frankland le pasa una asignación minúscula, que no puede ser mayor porque él mismo tiene bastante complicados sus negocios. Aunque ella hubiera obrado mal, no era posible consentir que terminara de perderse del todo. Se supo su situación, y varias personas de por aquí colaboraron para que pudiera ganarse la vida por medios honrados. Stapleton fue uno de los que contribuyeron, y sir Charles, otro. Yo mismo aporté una insignificancia. Sirvió para que se estableciera como mecanógrafa.

Quiso saber cuál era el objeto de mis preguntas, pero conseguí satisfacer su curiosidad sin decirle demasiado, pues no tenemos ningún motivo para hacer confianzas a nadie. Mañana por la mañana buscaré el modo de ir a Coombe Tracey, y si puedo ver a esa señora Laura Lyons, de reputación dudosa, habremos dado un buen paso para aclarar uno de los incidentes de esta cadena de misterios. Estoy adquiriendo la astucia de la serpiente, desde luego, pues cuando Mortimer me apretaba con sus preguntas hasta un grado inconveniente, le pregunté a mi vez, como sin darle importancia, de qué tipo era el cráneo de Frankland, y durante el resto del paseo sólo oí hablar de craneología. No he vivido algunos años con Sherlock Holmes en vano.

Sólo tengo otro incidente que anotar en este día tormentoso y melancólico. Se trata de la conversación que acabo de mantener con Barrymore, y que me ha aportado una nueva carta valiosa que podré jugar a su debido tiempo.

Mortimer se había quedado a cenar, y el baronet y él se pusieron a jugar al ecarté después de la cena. El mayordomo me sirvió el café en la biblioteca y yo aproveché para hacerle algunas preguntas.

—Y bien —le dije—, ¿se ha marchado ya esa buena pieza de pariente suyo, o sigue rondando por ahí?

—No lo sé, señor. ¡Quiera el cielo que se haya marchado, pues aquí no ha traído más que disgustos! No sé nada de él desde la última vez que le dejé comida, que fue hace tres días.

—¿Lo vio entonces?

—No, señor; sin embargo, cuando volví a pasar por allí, la comida había desaparecido.

—Entonces, ¿estaba allí, sin duda?

—Eso parece, señor, a no ser que la tomara el otro hombre.

Me quedé con la taza de café suspendida ante los labios y miré fijamente a Barrymore.

—¿Sabe usted que hay otro hombre, entonces?

—Sí, señor; hay otro hombre en el páramo.

—¿Lo ha visto usted?

—No, señor.

—¿Cómo sabe de él, entonces?

—Señor, Selden me habló de él hace una semana o más. También él se esconde, pero no es un presidiario, según me parece a mí. Esto no me gusta, doctor Watson... Le digo a usted sin ambages que no me gusta —dijo con vehemencia repentina.

—¡Escuche usted, Barrymore! Lo único que me interesa en esta cuestión es el bien de su amo. Si he venido aquí, ha sido con el único fin de ayudarle. Dígame con franqueza qué es lo que no le gusta.

Barrymore titubeó un momento, como si se arrepintiera de su arrebato o le resultase difícil expresar con palabras sus sentimientos.

—¡Son todos estos tejemanejes, señor! —exclamó por fin, agitando la mano hacia la ventana que daba al páramo, azotada por la lluvia—. Hay una conjuración en alguna parte, y se están fraguando maldades, ¡estoy dispuesto a jurarlo! ¡Cuánto me alegraría de ver volver a Londres a sir Henry, señor!

—Pero ¿a qué se debe su alarma?

—¡Mire usted la muerte de sir Charles! Eso ya fue malo de por sí, por mucho que dijera el juez de instrucción. Mire usted los ruidos que se oyen de noche en el páramo. No hay nadie dispuesto a cruzarlo después de ponerse el sol, ni aunque le pagaran. ¡Mire usted ese forastero que está allí escondido y no hace más que vigilar y esperar! ¿Qué esperará? ¿Qué significa esto? Nada bueno para nadie que se llame Baskerville, y me alegraré mucho de quedar libre de todo ello el día en que estén dispuestos a ocupar sus puestos en el palacio los nuevos criados de sir Henry.

—Pero hábleme de ese forastero —le rogué—. ¿Puede decirme algo de él? ¿Qué dijo Selden? ¿Descubrió su escondrijo, o qué hacía?

—Lo vio una o dos veces, pero es un sujeto astuto y no se descubre. Al principio creyó que era de la policía, pero no tardó en darse cuenta de que se traía entre manos algún juego propio. Por lo que vio, venía a ser un caballero, pero no fue capaz de entender a qué se dedicaba.

—¿Y dónde dijo que vivía?

—Entre las casas viejas de la ladera, en las chozas de piedra donde vivía la gente de antaño.

—Pero ¿qué come?

—Selden descubrió que tiene a su servicio un chico que le lleva todo lo que necesita. Supongo que el chico irá a Coombe Tracey a comprarle lo que le haga falta.

—Muy bien, Barrymore. Puede que sigamos hablando de esto en otra ocasión.

Cuando se hubo retirado el mayordomo, me acerqué a la ventana oscura y miré por el vidrio turbio las nubes encrespadas y la silueta agitada de los árboles azotados por el viento. Hace una noche inhóspita para pasarla a cubierto, ¡cómo será en una choza de piedra en el páramo! ¡Qué odio violento puede llevar a un hombre a acechar en tal lugar y con este tiempo! ¡Y cuán profundo y grave ha de ser el propósito que lo hace soportar esas penalidades! Allí, en esa choza del páramo, se encuentra al parecer el centro mismo del problema que tanto me ha mortificado. Juro que no pasará un día más sin que haya hecho todo lo que pueda hacer un hombre por llegar al corazón del misterio.

CAPÍTULO XI

EL HOMBRE DEL TOLMO

El extracto de mi diario privado que constituye el capítulo anterior lleva mi narración hasta el día 18 de octubre, momento en que estos sucesos extraños empezaron a acelerarse hacia su conclusión terrible. Los incidentes de los días siguientes se me han quedado grabados de manera imborrable en el recuerdo y puedo relatarlos sin consultar las anotaciones que tomé entonces. Empezaré por el día siguiente a aquel en que dejé sentados dos datos de gran importancia; el primero, que la señora Laura Lyons, de Coombe Tracey, había escrito a sir Charles Baskerville y había quedado citada con él en el lugar y a la hora misma en que éste había hallado la muerte; el segundo, que al hombre que acechaba en el páramo se lo podía encontrar entre las chozas de piedra de la colina. Provisto de estos datos, consideré que debía de andar falto de inteligencia o de valor si no era capaz de arrojar más luz sobre la oscuridad que cubría este lugar.

La noche anterior no tuve ocasión de contarle al baronet lo que había descubierto acerca de la señora Lyons, pues el doctor Mortimer se quedó jugando a las cartas con él hasta muy tarde. No obstante, le informé de mi descubrimiento durante el desayuno y le pregunté si quería acompañarme a Coombe Tracey. Al principio estuvo muy deseoso de venir, pero pensándolo mejor nos pareció a los dos que podría alcanzar mejores resultados si iba yo solo. Quizá obtuviésemos menos resultados haciendo una visita demasiado formal. Por lo tanto, dejé a sir Henry en casa, no sin remordimientos, y salí en el carruaje a emprender mi nueva misión.

Cuando llegué a Coombe Tracey, dije a Perkins que guardara los caballos en una cuadra y pregunté por la señora a la que había venido a interrogar. No me costó trabajo encontrar su piso, que era céntrico y estaba bien amueblado. Una doncella me hizo pasar sin ceremonia, y cuando entré en el cuarto de estar, una señora que estaba sentada ante una máquina de escribir Remington se levantó enseguida a recibirme con una sonrisa agradable de bienvenida. No obstante, se puso seria al ver que yo era un desconocido, y volvió a sentarse y me preguntó cuál era el propósito de mi visita.

La primera impresión que me produjo la señora Lyons era de gran belleza. Tenía los ojos y el cabello de un mismo color rico de avellana, y sus mejillas, aunque bastante pecosas, estaban encendidas con el color exquisito de la morena, ese rosa delicado que se oculta en el corazón de la rosa de azufre. La primera impresión, repito, fue de admiración. Pero la segunda fue de crítica. Tenía en la cara algún defecto sutil, una aspereza en la expresión, una dureza en la mirada, quizá, una flacidez de los labios que empañaba su belleza perfecta. Sin embargo, todo esto son reflexiones *a posteriori,* por supuesto. En aquel momento sólo fui consciente de que me encontraba en presencia de una mujer muy hermosa que me preguntaba el motivo de mi visita. No me había hecho cargo hasta entonces de cuán delicada era mi misión.

—Tengo el gusto de conocer a su padre —dije.

Era una presentación torpe, y la señora me lo hizo notar.

—Mi padre y yo no tenemos nada en común —me cortó—. No le debo nada, y sus amigos no son amigos míos. Si no hubiera sido por el difunto sir Charles Baskerville y algunas otras personas de buen corazón, mi padre me habría dejado morir de hambre sin inmutarse.

—Precisamente he venido a verla para hablarle de sir Charles Baskerville.

Las pecas de la señora resaltaron más sobre su tez.

—¿Qué puedo decirle yo de él? —me preguntó, mientras movía los dedos nerviosamente sobre las teclas de la máquina de escribir.

—Lo conocía usted, ¿no es así?

—Ya le he dicho que le debo mucho a su bondad. Si me puedo ganar la vida, es gracias en gran medida al interés que se tomó por mi situación desgraciada.

—¿Mantenía usted correspondencia con él?

La señora levantó la vista vivamente con un brillo airado en los ojos de color avellana.

—¿Qué pretende usted con este interrogatorio? —me preguntó con tono cortante.

—Pretendo evitar un escándalo público. Es mejor que se las formule aquí, antes de que la situación deje de estar en nuestras manos.

Se quedó callada, todavía muy pálida. Por fin, levantó la vista con cierto aire de arrojo y desafío.

—Pues bien, responderé —accedió—. ¿Qué tiene usted que preguntar?

—¿Mantenía usted correspondencia con sir Charles?

—Le escribí una o dos veces, desde luego, para agradecerle su delicadeza y su generosidad.

—¿Tiene usted las fechas de esas cartas?

—No.

—¿Lo trató en persona?

—Sí, una o dos veces en que vino a Coombe Tracey. Era un hombre muy reservado y prefería hacer el bien en secreto.

—Pero si usted lo vio y le escribió en tan pocas ocasiones, ¿cómo supo él lo suficiente de la situación de usted para poder ayudarla, como dice usted que hizo?

Satisfizo muy bien la dificultad que le planteaba.

—Varios caballeros conocían mi triste historia y se unieron para ayudarme. Uno de ellos era el señor Stapleton, vecino y amigo íntimo de sir Charles. Estuvo bondadosísimo, y sir Charles supo de mi situación por él.

Yo sabía ya que sir Charles Baskerville se había servido en varias ocasiones de Stapleton como administrador de sus obras de caridad, de manera que las declaraciones de la señora parecían veraces.

—¿Escribió usted alguna vez a sir Charles pidiéndole que se viera con usted? —le pregunté a continuación.

La señora Lyons volvió a enrojecer de ira.

—En verdad, señor mío, su pregunta es muy extraordinaria.

—Lo siento mucho, señora, pero he de repetírsela.

—Entonces le respondo que desde luego que no.

—¿Tampoco el día mismo de la muerte de sir Charles?

El rubor se apagó en un instante y vi ante mí un rostro de palidez mortal. Sus labios secos no fueron capaces de articular el «no» que vi, más que oí.

—Su memoria la engaña, sin duda —repuse—. Hasta puedo citarle un pasaje de su carta. Decía así: «Por favor, por favor, como caballero que es, queme usted esta carta y espéreme en el portillo a las diez de la noche».

Me pareció que se había desmayado, pero se recuperó con un esfuerzo supremo.

—¿Es que no hay caballeros en el mundo? —se preguntó, con voz entrecortada.

—Es usted injusta con sir Charles. Quemó la carta, en efecto. A pesar de ello, a veces se puede leer una carta aun después de quemada. ¿Reconoce ahora que la escribió usted?

—Sí, la escribí —exclamó, dando rienda suelta a su alma en un torrente de palabras—. La escribí. ¿Por qué negarlo? No tengo por qué avergonzarme de ello. Quería que me ayudase. Creí que podría conseguir su ayuda si mantenía una entrevista personal con él, y por eso le pedí que se reuniera conmigo.

—Pero ¿por qué a esa hora?

—Porque acababa de enterarme de que se marchaba a Londres al día siguiente y podría ausentarse durante varios meses. Yo no podía ir antes por ciertos motivos.

—Pero ¿por qué se citó con él en el jardín en vez de visitarlo en la casa?

—¿Cree usted que una mujer puede ir sola a esas horas a la casa de un hombre soltero?

—Y bien, ¿qué sucedió cuando llegó usted allí?

—No fui.

—¡Señora Lyons!

—No, se lo juro a usted por todo lo que tengo por sagrado. No fui. Surgió algo que me impidió ir.

—¿Qué surgió?

—Es una cuestión privada. No puedo decírselo.

—Reconoce usted, entonces, que quedó citada con sir Charles a la hora y en el lugar mismo en que éste encontró la muerte, pero niega haber asistido a la cita.

—Ésa es la verdad.

Volví a interrogarla una y otra vez, pero sin lograr pasar de este punto.

—Señora Lyons —dije, mientras me levantaba para poner fin a esta entrevista larga y poco concluyente—, asume usted una gran responsabilidad al no referir con sinceridad absoluta todo lo que sabe. Si me veo obligado a recurrir a la policía, descubrirá usted la situación tan comprometida en que se encuentra. Si es inocente, ¿por qué empezó negando que había escrito a sir Charles en esa fecha?

—Porque temía que pudiera malinterpretarse y encontrarme complicada en un escándalo.

—¿Y por qué pedía usted con tanto ahínco a sir Charles que destruyera su carta?

—Si ha leído usted la carta, lo sabrá.

—No he dicho que haya leído toda la carta.

—Me ha citado usted un pasaje.

—Le he citado la posdata. La carta se quemó, tal como le dije a usted, y no era legible en su totalidad. Le pregunto a usted una vez más por qué le pedía con tanto ahínco a sir Charles que destruyera aquella carta que recibió el día de su muerte.

—Es una cuestión muy personal.

—Razón de más para que evite usted una investigación pública.

—Se lo diré entonces. Si usted ha oído algo de mi historia desgraciada, sabrá que me casé de manera precipitada y tuve motivos para arrepentirme.

—Eso había oído.

—Mi vida ha sido una persecución incesante por parte de un marido, a quien aborrezco. Tiene la ley de su parte, y he de afrontar cada día la perspectiva de que me obligue a vivir con él. Cuando le escribí esa carta a sir Charles, me había enterado de que tenía la posibilidad de recuperar mi libertad si se cubrían ciertos gastos. Aquello me permitiría recuperarlo todo: la paz de espíritu, la felicidad, la dignidad... Todo. Yo conocía la generosidad de sir Charles, y creí que me ayudaría si oía la historia de mis labios.

—Entonces, ¿cómo es que no fue usted?

—Porque recibí antes ayuda por otra parte.

—En ese caso, ¿por qué no le escribió a sir Charles para explicárselo?

—Lo habría hecho, si no hubiera leído sobre su muerte en el periódico a la mañana siguiente.

La historia de la mujer era consistente, y no fui capaz de desmontarla con todas las preguntas que le hice. Lo único que podía hacer era verificarla enterándome de si había entablado pleito de divorcio, en efecto, hacia la época en que había tenido lugar la tragedia.

Era poco probable que se atreviera a decir que no había ido al palacio de Baskerville si hubiera ido en realidad, pues habría necesitado un carruaje para realizar el viaje, y no podría haber estado de vuelta en Coombe Tracey hasta la madrugada. Una salida como aquélla no podría guardarse en secreto. Lo más probable, por lo tanto, era que dijera la verdad, o al menos una parte de la verdad. Salí desconcertado y desanimado. Me había topado de nuevo con ese muro que parecía alzarse en todos los caminos que intentaba seguir para llegar al objeto de mi misión. Sin embargo, cuanto más pensaba en la cara de la señora y en su comportamiento, más me parecía que se me estaba ocultando algo. ¿Por qué se había puesto tan pálida? ¿Por qué se resistía tanto a ofrecer cada dato hasta que se le arrancaba? ¿Por qué no habló cuando sucedió la tragedia? Sin duda, todo aquello tenía una explicación que no podía ser tan inocente como quería darme a entender ella. Yo no podía avanzar más en aquel sentido de momento y tuve que volver a atender a la otra pista que debía buscarse entre las chozas de piedra del páramo.

Y la indicación era muy imprecisa. Lo comprendí cn cl camino de vuelta, al observar colina tras colina con rastros de la antigua población. Barrymore sólo me había dicho que el extraño vivía en una de aquellas chozas abandonadas, y había muchos centenares de ellas dispersas a lo largo y ancho del páramo. Pero yo podía guiarme por mi propia experiencia, ya que había visto al hombre en persona de pie sobre la cumbre del tolmo negro. Por lo tanto, ahí debía centrarse mi búsqueda. Partiendo de allí, debía explorar todas las chozas del páramo hasta dar con la buena. Si aquel hombre estaba dentro, le haría explicarme, a punta de revólver si era preciso, quién era y por qué llevaba tanto tiempo siguiéndonos. Podía habérsenos escapado entre el bullicio de Regent Street, pero le resultaría bien difícil hacer otro tanto en el páramo solitario. Por otra parte, si encontraba la choza y no estaba en ella su inquilino, debía quedarme allí, por larga que fuera la espera, hasta que regresara. Holmes lo había perdido en Londres. Sería todo un éxito para mí si conseguía atraparlo aun habiendo fracasado mi maestro.

Aunque la suerte nos había sido adversa una y otra vez a lo largo de esta investigación, acabó entonces por favorecerme. Y el heraldo de la buena fortuna no fue otro que el señor Frankland, que estaba de pie, con sus bigotes grises y su cara roja, ante el portón de su jardín, que daba a la carretera que seguía yo.

—Buenos días, doctor Watson —exclamó de un buen humor poco habitual—. Debería usted darles un descanso a sus caballos y pasar a tomarse un vaso de vino y a darme la enhorabuena.

No albergaba sentimientos amistosos hacia él desde que supe del trato que le había dado a su hija, pero estaba deseoso de enviar a casa a Perkins con la tartana, y aquélla era una buena oportunidad. Me apeé y mandé recado a sir Henry de que volvería a casa antes de cenar. A continuación, seguí a Frankland hasta el comedor de su casa.

—Hoy es un día grande para mí, señor mío, uno de los días señalados de mi vida —exclamó entre risas—. He triunfado por partida doble. Pienso enseñar a la gente de estas partes que la ley es la ley y que aquí hay un hombre que no teme invocarla. He establecido un derecho de paso a través del parque del viejo Middleton, por su centro mismo, a menos de cien varas de la puerta principal de su casa. ¿Qué le parece? ¡Vamos a enseñarles a estos magnates que no pueden atropellar los derechos del pueblo, los condenados! Y he cerrado el bosque donde hacían sus meriendas campestres los habitantes de Fernworthy. Parece que esa gente se cree que no existe el derecho de propiedad y que pueden acudir en tropel adonde quieran, con sus papeles y sus botellas. Se ha dictado sentencia en los dos pleitos, doctor Watson, y ambas a mi favor. No he tenido un día igual desde que hice condenar a sir John Morland por violación de la propiedad por haber cazado en su propio vivar.

—¿Cómo diantres consiguió usted eso?

—Consulte usted los registros, señor mío. Vale la pena. *Frankland contra Morland,* Tribunal Superior de Justicia. Me costó doscientas libras, pero conseguí el veredicto.

—¿Le sirvió a usted de algo?

—De nada, señor mío, de nada. Puedo decir con orgullo que no tengo ningún interés personal en la cuestión. Actúo movido enteramente por el sentimiento del deber público. No me cabe duda, por ejemplo, de que las gentes de Fernworthy me quemarán en efigie esta noche. La última vez le dije a la policía que debían reprimir estas manifestaciones vergonzosas. La policía del condado se encuentra en una situación escandalosa, señor mío, y no me ha brindado la protección a la que tengo derecho. El pleito *Frankland contra la Corona* ha de llevar el caso ante la opinión pública. Les dije que tendrían que arrepentirse del trato que me daban, y mis palabras se han cumplido ya.

—¿De qué modo? —pregunté.

El viejo adoptó una expresión de gran astucia.

—Porque yo podría decirles lo que se mueren de ganas de saber, pero no pienso ayudar a esos bribones en modo alguno, por nada del mundo.

Yo había estado buscando alguna excusa para librarme de su cháchara, pero entonces empecé a sentir deseos de oír algo más. Ya conocía lo suficiente el espíritu de contradicción de aquel viejo réprobo como para comprender que cualquier muestra de interés por mi parte sería la mejor manera de poner fin a sus confidencias.

—¿Algún cazador furtivo, sin duda? —pregunté con aire de indiferencia.

—¡Ja, ja, muchacho, un asunto mucho más importante! ¿Qué le parece el del presidiario del páramo?

Di un respingo.

—¿No querrá decir que sabe dónde está? —dije.

—Puede que no sepa exactamente dónde está, pero estoy bien seguro de que podría ayudar a la policía a ponerle la mano encima. ¿No se le ha ocurrido a usted nunca que la manera de atrapar a ese hombre era descubrir de dónde sacaba la comida y seguir esa pista hasta encontrarlo?

Parecía, ciertamente, que se acercaba a la verdad de manera incómoda.

—Sin duda —reconocí—, pero ¿cómo sabe usted si está en alguna parte del páramo?

—Lo sé porque he visto con mis propios ojos al mensajero que le lleva la comida.

Sentí lástima por Barrymore. Era cosa grave estar en manos de aquel viejo malintencionado y entrometido. Pero su comentario siguiente me llenó de alivio.

—Le sorprenderá saber que le lleva la comida un niño. Lo veo todos los días por el telescopio que tengo en la azotea. Pasa por un mismo camino a una misma hora, y ¿con quién irá a reunirse si no es con el presidiario?

¡Aquello sí que era tener suerte! A pesar de lo cual reprimí toda apariencia de interés. ¡Un niño! Barrymore había dicho que a nuestro desconocido le llevaba los suministros un muchacho. Así pues, Frankland había dado con el rastro de éste y no del presidiario. Si le sonsacaba lo que sabía, me podía ahorrar una búsqueda larga y agotadora. Sin embargo, era evidente que debía jugar las cartas de la incredulidad y la indiferencia.

—A mí me parece mucho más probable que se trate del hijo de algún pastor del páramo que le lleva el almuerzo a su padre.

El viejo déspota echaba chispas ante el menor indicio de oposición. Me miró con ojos malignos, y los bigotes grises se le erizaron como los de un gato furioso.

—¡No me diga, señor mío! —me rebatió, señalando el ancho páramo—. ¿Ve usted ese tolmo negro, allí a lo lejos? Y bien, ¿ve usted la colina baja de más allá, cubierta de espinos? Es la parte más pedregosa de todo el páramo. ¿Es lugar donde podría instalarse un pastor? Lo que usted sugiere, señor mío, es francamente absurdo.

Le respondí con mansedumbre que había hablado sin conocer todos los datos. Mi sumisión le agradó y lo animó a hacerme más confidencias.

—Puede estar seguro, señor mío, de que cuando yo me formo una opinión es con muy buena base. He visto una y otra vez al niño con su hatillo. Todos los días, y algunos días dos veces, he podido... Pero, espere un momento, doctor Watson. ¿Me engañan los ojos o se mueve algo en estos momentos por esa ladera?

Aunque estaba a varias millas de distancia, vi con claridad un puntito negro sobre el verde y gris apagados.

—¡Venga usted, venga! —exclamó Frankland, mientras subía la escalera con precipitación—. Lo verá con sus propios ojos y podrá juzgar por sí mismo.

El telescopio, un instrumento potente montado sobre un trípode, estaba en la azotea de la casa, chapada de plomo. Frankland le aplicó el ojo y profirió un grito de satisfacción.

—¡Deprisa, doctor Watson, deprisa, antes de que se pierda tras la colina!

Allí estaba, en efecto, un chico pequeño que llevaba al hombro un hatillo y ascendía la colina despacio. Cuando llegó a la cumbre, vi por un instante su figura grosera y harapienta perfilada por un instante sobre el frío cielo azul. Miraba a uno y otro lado con aire furtivo y clandestino, como si temiera que lo persiguieran. Después desapareció por el otro lado de la colina.

—¡Y bien! ¿Tengo razón?

—Hay, ciertamente, un muchacho que parece ocuparse de un encargo secreto.

—Y hasta un agente de policía rural sería capaz de adivinar de qué encargo se trata. Pero yo no les diré una palabra, y le encomiendo también el secreto a usted, doctor Watson. ¡Ni una palabra! ¿Me entiende usted?

—Como usted quiera.

—Me han tratado de una manera vergonzosa... Vergonzosa. Me atrevo a creer que, cuando salgan a relucir los hechos en el pleito *Frankland contra la Corona,* el país se estremecerá de indignación. No ayudaré a la policía de ningún modo, por nada del mundo. Por lo que a ellos respecta, aquellos bribones podrían haberme quemado a mí en la hoguera en persona, no ya en efigie. ¡No se marchará usted! ¡Me ayudará a vaciar la botella para celebrar este acontecimiento tan grande!

Pero me resistí a todas sus invitaciones y conseguí disuadirlo del propósito que expresó de acompañarme a pie hasta mi casa. Seguí la carretera mientras estuve a su vista, y después me desvié por el páramo y me dirigí a la colina pedregosa sobre la que había desaparecido el muchacho. Todo me era favorable, y juré que si perdía la oportunidad que me había puesto delante la fortuna no sería por falta de energía ni de perseverancia.

Ya se ponía el sol cuando llegué a la cumbre de la colina, y las largas laderas que tenía a mis pies estaban de color verde dorado por un lado y cubiertas de sombra gris por el otro. Había en el horizonte más lejano una neblina baja de la que asomaban las formas fantásticas del Belliver y el tolmo de la Zorra. No había sonido ni movimiento alguno en toda aquella ancha extensión. Un ave gris grande, gaviota o zarapito, flotaba a gran altura en el cielo azul. Parecía como si él y yo fuésemos los únicos seres vivos entre el arco inmenso del cielo y el desierto que se extendía bajo éste. Aquel paisaje yermo, la sensación de soledad y el misterio y la urgencia de mi misión me helaron el corazón. No se veía al muchacho por ninguna parte. Pero por debajo de mí, en una hendidura de las colinas, había un círculo de antiguas chozas de piedra, en cuyo centro había una que conservaba bastante tejado para servir de refugio contra la intemperie. El corazón me dio un salto al verla. Aquélla debía de ser la guarida donde acechaba el extraño. Había puesto por fin el pie en el umbral de su escondrijo; tenía su secreto al alcance de la mano.

Mientras me aproximaba a la choza, caminando con tanta precaución como lo haría Stapleton al acercarse a la mariposa posada con el cazamariposas en alto, comprobé que aquel lugar había servido, en efecto, de vivienda. Un sendero borroso que transcurría entre las peñas conducía al hueco ruinoso que servía de puerta. Dentro estaba todo en silencio. El desconocido podía estar allí agazapado, o podía estar rondando por el páramo. La sensación de aventura me produjo un hormigueo en los nervios. Tiré mi cigarrillo, empuñé mi revólver y, acercándome aprisa a la puerta, me asomé al interior. La choza estaba vacía.

Pero había indicios abundantes de que no había seguido un rastro falso. Allí vivía el hombre, con toda certeza. Había unas mantas enrolladas en una lona impermeable sobre la misma losa de piedra donde había dormido el hombre neolítico. Había un montón de cenizas de una lumbre en un hogar rudimentario. Junto a ellas había algunos utensilios de cocina y un cubo lleno de agua hasta la mitad. Las latas vacías mostraban que aquel lugar llevaba ocupado algún tiempo, y cuando se me acostumbraron los ojos a la luz tenue vi en un rincón una cazuela y una botella de alcohol de quemar llena hasta la mitad. Una piedra plana, en medio de la choza, servía de mesa, y sobre ella había un hatillo de tela: el mismo, sin duda, que yo había visto por el telescopio al hombro del muchacho. Contenía una hogaza de pan, una lata de lengua en conserva y dos latas de melocotones. Cuando lo dejaba en su sitio tras haberlo examinado, me dio un salto el corazón al ver que había debajo una hoja de papel con algo escrito. La tomé, y he aquí lo que leí, escrito a lápiz con letra irregular: «El doctor Watson ha ido a Coombe Tracey».

Me quedé plantado un rato con el papel en las manos pensando qué significaría aquel mensaje escueto. Era a mí, por lo tanto, y no a sir Henry, a quien seguía aquel hombre enigmático. Aunque no me hubiera seguido en persona, había enviado tras mis huellas a un agente suyo (al muchacho, quizá), y aquél era su informe. Era posible que todos mis pasos desde mi llegada al páramo hubieran sido observados y delatados. Habíamos tenido constantemente la sensación de estar rodeados por una fuerza invisible, por una red fina que nos habían echado encima con habilidad y delicadeza infinitas y que nos sujetaba con tal ligereza que sólo en algún instante supremo nos veíamos prendidos en sus lazos.

Si había un informe, podía haber otros, y registré la choza en su busca. Sin embargo, no había rastro de nada de esa especie ni pude descubrir señal alguna que indicara el carácter o intenciones del hombre que vivía en aquel lugar singular, aparte de que debía tener hábitos espartanos y no le importaban gran cosa las comodidades de la vida. Cuando miré el tejado hundido y recordé las fuertes lluvias, comprendí cuán fuerte e inmutable debía ser el propósito que lo llevaba a aguantar en aquella vivienda inhóspita. ¿Era un maligno enemigo nuestro, o era por ventura nuestro ángel custodio? Juré que no saldría de la choza sin haberlo descubierto.

En el exterior, el sol se ponía y el occidente ardía de rojo y dorado. Devolvían su reflejo en manchas pardas las charcas lejanas dispersas por la

gran ciénaga de Grimpen. Se veían las dos torres del palacio de Baskerville y una nube lejana de humo que señalaba la situación del pueblo de Grimpen. Entre ambas, tras la colina, estaba la casa de los Stapleton. Todo era dulzura, suavidad y paz a la luz dorada del atardecer; sin embargo, al mirarlo, mi alma no compartía en absoluto la paz de la naturaleza, sino que se estremecía ante la vaguedad y el terror del encuentro que se aproximaba a cada instante. Con un hormigueo en los nervios, pero con determinación, me senté en el rincón oscuro de la choza y esperé con paciencia sombría la llegada de su inquilino.

Y lo oí por fin. Llegó de lejos el golpe agudo de una bota contra una piedra. Después otro y otro más, cada vez más cerca. Me retiré a lo más profundo del rincón oscuro y empuñé el revólver dentro del bolsillo, decidido a no descubrirme hasta haber tenido ocasión de ver al extraño. Hubo una larga pausa que indicó que se había detenido. Después, los pasos avanzaron una vez más y cayó una sombra por la entrada de la choza.

—Hace un atardecer precioso, mi querido Watson —dijo una voz que yo conocía bien—. Creo, verdaderamente, que estará usted más cómodo fuera que dentro.

CAPÍTULO XII

MUERTE EN EL PÁRAMO

Me quedé unos momentos sin aliento, casi incapaz de dar crédito a mis oídos. Después volví en mí y recuperé la voz, mientras me parecía como si me levantaran del alma el peso abrumador de la responsabilidad. Aquella voz incisiva, irónica, sólo podía ser la de un hombre entre todos los del mundo.

—¡Holmes! —exclamé—. ¡Holmes!

—Salga usted —dijo—, y tenga cuidado con el revólver, se lo ruego.

Pasé agachado bajo el rudo dintel, y lo vi allí fuera, sentado en una piedra, con los ojos grises bailando de regocijo al ver mi rostro de asombro. Estaba delgado y demacrado, pero despejado y atento, con la cara afilada morena del sol y curtida por el viento. Con su traje de *tweed* y su sombrero de paño no se distinguía de un turista cualquiera de los que visitan el páramo, y se las había arreglado, con aquella inclinación escrupulosa suya a la limpieza personal que era una de sus características, para tener la cara tan bien afeitada y la camisa tan limpia como si estuviera en Baker Street.

—No me había alegrado nunca tanto en mi vida de ver a una persona —le dije mientras le daba un fuerte apretón de manos.

—Ni se había sorprendido tanto, ¿eh?

—Bueno, he de reconocerlo.

—La sorpresa es mutua en parte, se lo aseguro. No tenía idea de que hubiera encontrado usted mi refugio ocasional, y menos de que estuviera dentro, hasta que llegué a veinte pasos de la puerta.

—¿Por las huellas de mis pisadas, supongo?

—No, Watson, me temo que no me considero capaz de reconocer sus huellas entre todas las huellas del mundo. Si lo que quiere usted es sorprenderme de verdad, deberá cambiar de proveedor de tabaco, pues cuando veo la colilla de un cigarrillo con la inscripción «Bradley, Oxford Street», ya sé que mi amigo Watson está en las inmediaciones. La verá usted allí, junto al sendero. Sin duda, la tiró en el momento supremo en que se dispuso a irrumpir en la choza vacía.

—Exactamente.

—Eso creí; y conociendo el tesón admirable de usted, estaba convencido de que seguía dentro al acecho, con un arma al alcance de la mano, esperando el regreso del inquilino. ¿Así que creyó usted que yo era el criminal?

—No sabía quién era usted, pero estaba decidido a descubrirlo.

—¡Excelente, Watson! ¿Y cómo me ha localizado? ¿Me vio, quizá la noche de la caza del presidiario, cuando fui tan imprudente que dejé salir la luna a mi espalda?

—Sí, lo vi entonces.

—¿Y ha registrado, sin duda, todas las chozas hasta que dio con ésta?

—No; observaron a su muchacho, y eso me indicó dónde debía buscar.

—El viejo caballero del telescopio, sin duda. La primera vez que vi el reflejo de la luz en la lente no comprendí de qué se trataba. —Se levantó y se asomó al interior de la choza—. Ah, veo que Cartwright ha traído algunas provisiones. ¿Qué es este papel? De modo que ha ido usted a Coombe Tracey, ¿no es así?

—Sí.

—¿A ver a la señora Laura Lyons?

—Exacto.

—¡Bien hecho! Es evidente que nuestras investigaciones han seguido cursos paralelos, y espero que, cuando combinemos nuestros resultados, alcancemos un conocimiento bastante pleno del caso.

—Bueno, me alegro de todo corazón de que esté usted aquí, pues lo cierto es que la responsabilidad y el misterio empezaban a hacerse una carga demasiado pesada para mis nervios. Pero, en nombre de todo lo que es maravilloso, ¿cómo ha venido usted aquí, y qué hacía? Lo hacía a usted en Baker Street resolviendo ese caso de chantaje.

—Eso es lo que quería yo que creyera.

—Entonces, ¡se sirve usted de mí, pero sin confiar en mí! —exclamé con cierta amargura—. Creía merecer mejor trato por su parte, Holmes.

—Mi querido amigo, su ayuda me ha resultado preciosa en este caso como en muchos otros, y le suplico me perdone si se ha llevado la impresión de que lo he hecho víctima de un engaño. En realidad, si lo he hecho así ha sido en parte por su bien, y si he venido a examinar la cuestión en persona ha sido porque me hacía cargo del peligro que corría usted. Si yo hubiera residido con sir Henry y con usted, es evidente que mi punto de vista habría sido el mismo de ustedes, y que mi presencia habría puesto en guardia a nuestros adversarios, que son bien temibles. De esta manera he podido moverme de un modo que no me habría resultado posible si me hubiera alojado en el palacio, y sigo siendo un factor desconocido en la cuestión, dispuesto a intervenir con todas mis fuerzas en un momento crítico.

—Pero ¿por qué me ha tenido a mí en la ignorancia?

—No nos habría servido de nada que usted conociera mi presencia y podría haberme descubierto. Habría usted querido decirme algo, o en su amabilidad habría venido a traerme algo para que estuviera más cómodo, y esto habría supuesto un riesgo innecesario. Me traje a Cartwright (recordará usted al muchachito de la oficina de mensajería), y él se ha ocupado de cubrir mis necesidades sencillas: una hogaza de pan y un cuello de camisa limpio. ¿Qué más necesita un hombre? Me ha proporcionado un par de ojos adicionales con unos pies muy ágiles, y ambas cosas han sido preciosas para mí.

—Entonces, ¡mis informes han sido inútiles! —dije con voz temblorosa, al recordar la dedicación y el orgullo con que los había redactado.

Holmes se sacó del bolsillo un fajo de papeles.

—Aquí están sus informes, mi querido amigo, y muy releídos, se lo aseguro. Tomé excelentes disposiciones, y han llegado a mis manos con sólo un día de retraso. Debo felicitarlo enormemente por el celo y la inteligencia de que ha dado muestras en un caso de dificultad extraordinaria.

Yo seguía algo herido por el engaño de que se me había hecho objeto, pero el calor de las alabanzas de Holmes me quitó el enfado de la cabeza. Sentí también dentro de mi corazón que estaba en lo cierto con lo que decía, y que había sido mejor para nuestros fines que yo no supiera que estaba en el páramo.

—Así está mejor —dijo, viendo que se me despejaba la sombra del rostro—. Y ahora cuénteme usted el resultado de su visita a la señora Laura Lyons: no me ha resultado difícil adivinar que si ha ido usted a Coombe Tracey ha sido a visitarla, pues ya estoy enterado de que es la única persona de esa población que puede servirnos de algo en esta cuestión. De hecho, si no hubiera ido usted hoy a verla, es más que probable que hubiera ido yo mañana.

Se había puesto el sol y caía la oscuridad sobre el páramo. El aire se había enfriado y nos retiramos al interior de la choza para entrar en calor. Allí, sentados juntos en la penumbra, conté a Holmes mi conversación con la señora. Le interesaba tanto que tuve que repetirle algunas partes dos veces hasta dejarlo satisfecho.

—Esto es importantísimo —dijo en cuanto hube concluido—. Sirve para llenar una laguna que yo había sido incapaz de salvar en este asunto complejísimo. ¿Sabrá usted, quizá, que esta señora mantiene un trato estrecho con Stapleton?

—No sabía que mantuvieran un trato estrecho.

—No cabe duda de ello. Se ven, se escriben, existe un entendimiento completo entre los dos. Pues bien, esto es un arma poderosa en nuestras manos. Si pudiera aprovecharla para poner de nuestra parte a su esposa...

—¿A su esposa?

—Le doy ahora alguna información a cambio de toda la que me ha dado usted a mí. La dama que se ha hecho pasar hasta ahora por señorita Stapleton es, en realidad, su esposa.

—¡Cielo santo, Holmes! ¿Está usted seguro de lo que dice? ¿Cómo puede haber consentido que sir Henry se enamorara de ella?

—Sir Henry, al enamorarse de ella, no podía hacer daño a nadie más que al propio sir Henry. Stapleton ha impedido por todos los medios que sir Henry la cortejara, como ha observado usted mismo. Le repito que la dama es esposa suya, y no su hermana.

—Pero ¿por qué este engaño tan complicado?

—Porque previó que le resultaría mucho más útil en calidad de mujer libre.

Todas mis impresiones instintivas no expresas, mis vagas sospechas, cobraron forma de pronto y se centraron en el naturalista. Me pareció ver, en aquel hombre impasible y soso, con su sombrero de paja y su cazamariposas, algo terrible; una criatura de paciencia y astucia infinitas, de rostro sonriente y corazón asesino.

—¿Es él, pues, nuestro enemigo? ¿Es él quien nos siguió en Londres?

—Así interpreto yo el acertijo.

—Y la advertencia... ¡Debió de enviarla ella!

—Exactamente.

La silueta de una maldad monstruosa, que en parte se veía y en parte se adivinaba, se asomó entre la oscuridad que me rodeaba desde hacía tanto tiempo.

—Pero ¿está seguro de esto, Holmes? ¿Cómo sabe usted que esa mujer es su esposa?

—Porque cometió el desliz de contarle a usted un pasaje auténtico de su autobiografía el día en que se conocieron, y yo diría que lo ha lamentado muchas veces desde entonces. Tuvo una escuela en el norte de Inglaterra, en efecto. Pues bien, nada más fácil que localizar a un director de escuela. Existen agencias de personal docente por medio de las cuales se puede identificar a cualquier persona que haya ejercido esta profesión. Una breve investigación me permitió descubrir que una escuela había acabado mal en circunstancias atroces, y que su propietario (que tenía otro nombre) había desaparecido con su esposa. Las descripciones coincidían. Cuando me enteré de que el desaparecido era aficionado a la entomología, se completó la identificación.

La oscuridad se iba levantando, aunque quedaban muchas cosas entre sombras.

—Si esta mujer es, en efecto, su esposa, ¿qué papel desempeña la señora Laura Lyons? —le pregunté.

—Éste es uno de los puntos sobre los que han arrojado luz las investigaciones de usted. Su entrevista con la señora ha aclarado mucho la situación. Yo no sabía que pensara divorciarse de su marido. En este caso, y considerando a Stapleton como hombre soltero, contaba sin duda con convertirse en su esposa.

—¿Y cuando salga de su engaño?

—Bueno, entonces puede que la dama nos ayude. Nuestro primer deber será verla, usted y yo, mañana. ¿No cree usted, Watson, que ha dejado solo bastante tiempo a su protegido? Su puesto está en el palacio de Baskerville.

Se habían disipado los últimos rayos de luz roja en poniente y había caído la noche sobre el páramo. Titilaban algunas estrellas tenues en el cielo violeta.

—Una última pregunta, Holmes —dije mientras me ponía de pie—. Sin duda, ya no es preciso que haya secretos entre usted y yo. ¿Qué significa todo esto? ¿Qué pretende ese hombre?

Holmes bajó la voz al responderme.

—Un asesinato, Watson: un asesinato refinado, a sangre fría, deliberado. No me pida detalles. Le estoy echando el lazo, como él se lo está echando a sir Henry, y con la ayuda de usted lo tengo casi a mi merced. Sólo nos puede amenazar un peligro: el de que aseste el golpe antes de que estemos dispuestos a asestarlo nosotros. Un día más, dos como mucho, y habré cerrado el caso, pero, hasta entonces, custodie a su protegido como una madre amorosa que vela por su hijo enfermo. Su misión de hoy ha arrojado frutos que la justificaban. Sin embargo, casi preferiría que no lo hubiera abandonado. ¡Escuche!

Un grito terrible, un alarido prolongado de horror y angustia, salió del silencio de la noche. Aquel chillido espantoso me heló la sangre en las venas.

—¡Dios mío! —dije con voz entrecortada—. ¿Qué es eso? ¿Qué significa eso?

Holmes se había puesto de pie de un salto y vi su silueta oscura, atlética, en la puerta de la choza, con los hombros bajos, la cabeza adelantada, la cara oteando la oscuridad.

—¡Calle! —susurró—. ¡Calle!

El grito había sonado con fuerza por su vehemencia, pero había surgido de algún lugar distante en la llanura en sombras. Ahora volvía a resonar en nuestros oídos, más próximo, más fuerte, más apremiante que antes.

—¿Dónde suena? —susurró Holmes; y comprendí por la emoción de su voz que él, el hombre de hierro, estaba conmovido hasta lo más hondo de su alma—. ¿Dónde suena, Watson?

—Por ahí, creo —dije, señalando la oscuridad.

—¡No, por ahí!

El grito de agonía volvió a recorrer la noche silenciosa, más fuerte y mucho más próximo que antes. Y un sonido nuevo se entremezclaba con él, un rumor profundo, mascullado, musical y amenazador a la vez, que se alzaba y caía como el murmullo grave y constante del mar.

—¡El perro! —exclamó Holmes—. ¡Vamos, Watson, vamos! ¡Cielo santo, si llegamos demasiado tarde...!

Había echado a correr velozmente por el páramo, y yo le seguía los pasos. Pero entonces, de alguna parte entre el terreno desigual que teníamos por delante, salió un último alarido de desesperación y después un golpe sordo y pesado. Nos detuvimos y escuchamos. Ningún otro sonido rompía el grave silencio de la noche serena.

Vi que Holmes se llevaba la mano a la frente como fuera de sí. Dio un pisotón en el suelo.

—Nos ha vencido, Watson. Llegamos tarde.

—¡No, no es posible!

—He sido un imbécil al esperar demasiado. ¡Y usted, Watson, vea las consecuencias de abandonar a su protegido! Pero, ¡voto al cielo que, si ha sucedido lo peor, lo vengaremos!

Corrimos a ciegas por las tinieblas, topándonos con las peñas, abriéndonos paso entre las zarzas, subiendo cuestas con esfuerzo y bajándolas a toda velocidad, dirigiéndonos siempre hacia el lugar de donde habían salido esos sonidos espantosos. Holmes miraba a su alrededor desde todos los puntos elevados, pero las sombras cerradas cubrían el páramo y nada se movía en su superficie desolada.

—¿Ve usted algo?

—Nada.

—Pero..., escuche, ¿qué es eso?

Nos había llegado a los oídos un lamento grave. ¡Volvía a sonar a nuestra izquierda! Hacia ese lado, un risco de rocas terminaba en un precipicio cortado que dominaba una ladera llena de piedras. En su superficie quebrada yacía desmadejado un objeto oscuro, irregular. Cuando corrimos hacia él, su perfil confuso cobró forma definida. Era un hombre tendido boca abajo en el suelo, con la cabeza doblada bajo el cuerpo en una flexión espantosa, los hombros hundidos y el cuerpo encogido como si estuviera dando un salto mortal. Su postura era tan grotesca que no comprendí por un instante que había soltado aquel lamento al entregar el alma. Ya no surgía ni un susurro ni un temblor de la figura oscura sobre la que nos inclinamos. Holmes le puso la mano encima y volvió a levantarla con una exclamación de horror. Encendió una cerilla cuya luz iluminó sus dedos manchados de sangre y el charco horroroso que se iba extendiendo poco a poco alrededor del cráneo aplastado de la víctima. E iluminó también algo más, que nos llenó los corazones de dolor y desfallecimiento: ¡el cuerpo de sir Henry Baskerville!

Ninguno de los dos podíamos dejar de recordar aquel traje de *tweed* rojizo, el mismo que llevaba puesto la mañana en que lo conocimos en Baker Street. Lo vimos con claridad por un momento, y después la cerilla vaciló y se apagó, como se había apagado la esperanza en nuestras almas. Holmes suspiró y se advirtió en la oscuridad la palidez de su cara.

—¡La bestia! ¡La bestia! —grité con los puños cerrados—. ¡Ay, Holmes, no me perdonaré jamás por haberlo abandonado a su suerte!

—Yo tengo más culpa que usted, Watson. Por querer dejar el caso completo y bien cerrado, he perdido la vida de mi cliente. Es el golpe mayor que he sufrido en mi carrera profesional. Pero ¿cómo iba a saber yo, cómo iba a saberlo, que se jugaría la vida aventurándose a solas por el páramo, a pesar de todas mis advertencias?

—¡Que hayamos oído sus gritos... (Dios mío, qué gritos) y hayamos sido incapaces de salvarlo! ¿Dónde está ese perro bestial que lo ha conducido a la muerte? Puede que esté al acecho ahora mismo entre estas rocas. ¿Y Stapleton? ¿Dónde está? Tendrá que responder de esto.

—Responderá. Yo me encargaré de ello. El tío y el sobrino han sido asesinados: uno muerto de miedo por la visión de una bestia que él creía sobrenatural, y el otro matándose en su loca carrera al huir de ella. Pero ahora tendremos que demostrar la relación entre el hombre y la bestia. Aparte de lo que hemos oído, ni siquiera podemos dar fe de la existencia de esta última, ya que es evidente que sir Henry ha muerto a consecuencia de la caída. ¡Pero voto al cielo que ese hombre, con toda su astucia, estará en mi poder antes de que transcurra otro día!

Nos quedamos de pie, con amargura en los corazones, uno a cada lado del cuerpo destrozado, abrumados por aquel desastre repentino e irremediable que ponía un fin tan lastimoso a nuestro trabajo largo y fatigoso. Después, cuando salió la luna, subimos a lo alto de las peñas de donde había caído nuestro pobre amigo y oteamos desde la cumbre el páramo sumido en sombras, entre luz plateada y tinieblas. A lo lejos, a varias millas de distancia, hacia Grimpen, brillaba una sola luz amarilla fija. Sólo podía venir de la vivienda solitaria de los Stapleton. Al verla, sacudí el puño profiriendo una agria maldición.

—¿Por qué no lo detenemos de inmediato?

—No disponemos de todas las pruebas. Ese sujeto es prudente y astuto en grado sumo. No es cuestión de lo que sabemos, sino de lo que podemos demostrar. Si damos un paso en falso, el bellaco todavía se nos puede escapar.

—¿Qué podemos hacer?

—Mañana tendremos bastante que hacer. Esta noche sólo podemos prestar los últimos servicios a nuestro desdichado amigo.

Bajamos juntos la ladera empinada y nos acercamos al cuerpo, que se veía negro y nítido sobre las piedras bañadas de luz plateada. El sufrimiento que expresaban sus miembros contorsionados me provocó un espasmo de dolor y me llenó los ojos de lágrimas.

—¡Debemos pedir ayuda, Holmes! No podremos llevarlo a cuestas hasta el palacio. Cielo santo, ¿se ha vuelto usted loco?

Holmes había soltado un grito y se había inclinado sobre el cadáver. Ahora bailaba y reía y me apretaba la mano. ¿Era posible que fuera aquél mi amigo, tan serio y circunspecto? ¡Tenía, en verdad, fuegos ocultos!

—¡Barba! ¡Barba! ¡Este hombre tiene barba!

—¿Barba?

—No es sir Henry... es... ¡Vaya, si es mi vecino, el presidiario!

Habíamos vuelto el cuerpo con prisa febril, y la barba empapada apuntaba a la luna clara y fría. La frente huidiza, los ojos hundidos de animal, eran inconfundibles. Era, en efecto, la misma cara que me había mirado con rabia a la luz de la vela desde lo alto de la roca: la cara de Selden, el criminal.

Entonces lo vi todo claro en un instante. Recordé que el baronet me había dicho que le había regalado a Barrymore su ropa vieja. Barrymore se la había pasado a Selden a su vez para ayudarlo en su fuga. Las botas, la camisa, la gorra: todo era de sir Henry. La tragedia no dejaba de ser bastante negra, pero al menos ese hombre había merecido la muerte según la ley de su país. Puse al corriente a Holmes mientras el corazón me saltaba de gozo y agradecimiento.

—Así pues, esta ropa le ha costado la vida al pobre diablo —dijo—. Está bien claro que al perro se le ha dado a oler algún artículo de sir Henry (la bota que se sustrajo en el hotel, con toda probabilidad) y por eso persiguió a este hombre. Sin embargo, hay un punto muy singular: ¿cómo supo Selden, a oscuras, que el perro le seguía la pista?

—Lo oiría.

—Un hombre tan curtido como este presidiario no se asustaría tanto de oír un perro en el páramo como para caer en tal paroxismo de terror, hasta el punto de correr el riesgo de que lo atrapen pidiendo auxilio a gritos. A juzgar por los gritos que oímos, debió de correr mucho trecho después de advertir que el animal lo seguía. ¿Cómo lo supo?

—A mí me parece mayor misterio el que este perro, suponiendo que nuestras conjeturas sean correctas...

—Yo no supongo nada.

—Muy bien; el que este perro ande suelto esta noche, en todo caso. Supongo que no ronda suelto constantemente por el páramo. Stapleton no lo soltaría a no ser que tuviera motivos para creer que sir Henry estaría por aquí.

—Mi dificultad es la más notable de las dos, pues creo que no tardaremos en conocer la explicación de la de usted, mientras que la mía puede seguir siendo un misterio para siempre. La cuestión es qué haremos ahora con el cadáver de este pobre desgraciado. No podemos dejarlo aquí, a merced de los zorros y los cuervos.

—Le propongo que lo dejemos en una de las chozas hasta que nos pongamos en contacto con la policía.

—Muy bien. Podremos llevarlo hasta allí entre los dos, sin duda. Atienda, Watson, ¿qué es esto? ¡Es él en persona! ¡Es el colmo de lo maravilloso y de la audacia! No diga usted ni una palabra que pueda desvelar sus sospechas... Ni una palabra, o mis planes se derrumbarán.

Venía hacia nosotros por el páramo una figura, y vi la luz roja apagada de un puro. Recibía la luz de la luna, y distinguí la silueta delgada y el paso vivo del naturalista. Se detuvo al vernos y siguió avanzando después.

—Vaya, doctor Watson, ¿es usted? Es la última persona a quien esperaba ver por el páramo a esta hora de la noche. Pero, ¡caramba!, ¿qué es esto? ¿Hay un herido? No... ¡No me digan que se trata de nuestro amigo sir Henry!

Pasó corriendo a mi lado y se inclinó sobre el cadáver. Le oí tomar aliento vivamente y el puro se le cayó de los dedos.

—¿Quién... quién es éste? —balbució.

—Es Selden, el que se fugó de Princetown.

Stapleton levantó la cabeza, terriblemente pálido, pero superó su asombro y su desilusión con un esfuerzo supremo. Nos miró vivamente a Holmes y a mí.

—¡Caramba! ¡Qué cosa tan horrorosa! ¿Cómo murió?

—Parece que se ha roto el cuello al caerse de esas rocas. Mi amigo y yo paseábamos por el páramo y oímos un grito.

—Yo también oí un grito. Por eso salí de casa. Estaba intranquilo por sir Henry.

—¿Y por qué precisamente por sir Henry? —pregunté, sin poder contenerme.

—Porque le había propuesto que viniera a hacernos una visita. Al ver que no llegaba, me sorprendí y temí por su seguridad, como es natural, cuando oí gritos en el páramo. Por cierto —añadió, volviendo la vista de nuevo de mi cara a la de Holmes—, ¿han oído algo más, aparte de un grito?

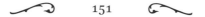

—No —respondió Holmes—, ¿y usted?

—No.

—¿Por qué lo pregunta, entonces?

—Ah, ya saben ustedes los cuentos de los campesinos sobre un perro espectral y demás. Se dice que se le oye de noche por el páramo. Me estaba preguntando si había habido alguna señal de un ruido así esta noche.

—No hemos oído nada semejante —dije yo.

—¿Y qué teoría tienen sobre la muerte de este pobre hombre?

—No me cabe duda de que la angustia y las inclemencias del tiempo le han hecho perder el juicio. Iba corriendo por el páramo, enloquecido, y ha terminado por caerse y romperse el cuello.

—Parece la teoría más razonable —convino Stapleton, y soltó un suspiro que interpreté como de alivio por su parte—. ¿Qué le parece a usted, señor Sherlock Holmes?

Mi amigo hizo una reverencia a modo de presentación.

—Reconoce usted a la gente enseguida —dijo.

—Lo esperábamos por aquí desde que vino el doctor Watson. Ha llegado a tiempo de ver una tragedia.

—Sí, en efecto. No me cabe duda de que la explicación de mi amigo cubrirá todo lo sucedido. Mañana volveré a Londres con un mal recuerdo.

—Ah, ¿se vuelve usted mañana?

—Esa intención tengo.

—Espero que su visita haya arrojado alguna luz sobre estos sucesos que tanto nos han desconcertado.

Holmes se encogió de hombros.

—No siempre se puede alcanzar el éxito que se espera. Un investigador no necesita leyendas ni rumores, sino hechos. El caso no ha sido satisfactorio.

Mi amigo hablaba con la máxima franqueza y despreocupación. Stapleton seguía mirándolo con atención. Después se volvió hacia mí.

—Propondría que llevásemos a este pobre hombre a mi casa si no fuera por que mi hermana se llevaría tal sobresalto que no me parece oportuno hacerlo. Supongo que si le cubrimos la cara con algo estará a salvo hasta que sea de día.

Y así lo acordamos. Holmes y yo rechazamos la propuesta de hospitalidad de Stapleton y emprendimos el camino del palacio de Baskerville, dejando que el naturalista volviera solo a su casa. Mirando atrás, vimos su figura que se alejaba despacio por el ancho páramo, y tras él aquella mancha negra en la ladera plateada que indicaba dónde yacía aquel hombre que había encontrado una muerte tan horrible.

—Nos vemos las caras por fin —dijo Holmes mientras caminábamos juntos por el páramo—. ¡Qué sangre fría tiene ese hombre! Cómo se ha rehecho ante la sorpresa, que debió de dejarlo paralizado, al descubrir que la víctima de su trama era otro hombre. Ya se lo dije a usted en Londres, Watson, y le repito ahora que no hemos tenido jamás un rival tan digno de nuestro acero.

—Lamento que lo haya visto a usted.

—Yo también lo lamenté al principio. Pero no hubo manera de evitarlo.

—¿Qué efecto cree usted que tendrá en sus planes el que sepa que está usted aquí?

—Puede volverlo más cauto, o puede hacerle tomar medidas desesperadas de inmediato. Como la mayoría de los criminales astutos, es posible que tenga demasiada confianza en su propia astucia y que se figure que nos ha engañado por completo.

—¿Por qué no lo detenemos de inmediato?

—Mi querido Watson, es usted hombre de acción por naturaleza. Su instinto lo mueve siempre a tomar medidas enérgicas. Pero supongamos por un momento que lo hacemos detener esta noche. ¿Qué ganaríamos con ello? No podríamos probarle nada. ¡En esto consiste su perfidia diabólica! Si obrara por medio de un agente humano, podríamos conseguir algunas pruebas, pero aunque sacásemos a la luz este perrazo, ello no nos serviría para ponerle la soga al cuello a su amo.

—Tenemos pruebas, sin duda.

—Ni la más mínima: sólo indicios y conjeturas. Si nos presentásemos ante un tribunal con esta historia y estas pruebas, se reirían de nosotros.

—Está la muerte de sir Charles.

—A quien encontraron muerto sin ninguna señal de violencia. Usted y yo sabemos que murió de miedo, y sabemos también qué fue lo que lo asustó, pero ¿cómo convencer de ello a los doce pasmarotes del jurado? ¿Qué indicios hay de un perro? ¿Dónde están las huellas de sus colmillos? Sabemos, claro está, que un perro no muerde un cadáver, y que sir Charles había muerto antes de que la bestia lo alcanzara. Pero tenemos que demostrarlo todo, y no estamos en condiciones de hacerlo.

—Pues bien, ¿y lo de esta noche?

—Nuestra situación tampoco es mucho mejor después de lo de esta noche. Tampoco en este caso hay ninguna relación directa entre el perro y la muerte del hombre. No llegamos a ver al perro. Lo oímos, pero no pudimos demostrar que persiguiera a ese hombre. Existe una falta absoluta de motivo. No, mi querido amigo, debemos hacernos a la idea de que no tenemos pruebas de momento, y de que no merece la pena asumir cualquier riesgo con tal de establecerlas.

—¿Y cómo piensa conseguirlo?

—Tengo mucha esperanza en lo que pueda hacer por nosotros la señora Laura Lyons cuando se le exponga la situación a las claras. Y tengo también mi propio plan. Con el mal presente tenemos bastante para mañana; sin embargo, espero haberme adueñado de la situación por fin antes de que termine el día.

No pude sacarle nada más, y siguió caminando, sumido en sus pensamientos, hasta el portón del palacio de Baskerville.

—¿Entra usted?

—Sí. No veo ningún motivo para seguir ocultándome. Pero una última advertencia, Watson. No le diga nada del perro a sir Henry. Que crea que Selden murió como Stapleton quiere que creamos. Así tendrá más ánimos para la prueba que tendrá que pasar mañana, cuando, si no recuerdo mal su informe, está invitado a cenar con esas personas.

—Y yo también.

—Entonces deberá usted presentar alguna excusa y deberá ir él solo. Será fácil organizarlo. Y ahora, aunque lleguemos tarde para cenar, creo que a los dos nos sentará bien comer algo antes de acostarnos.

CAPÍTULO XIII

TENDIENDO LAS REDES

A sir Henry le produjo más agrado que sorpresa ver a Sherlock Holmes, pues llevaba algunos días esperando que los últimos sucesos lo hiciesen venir de Londres. No obstante, puso cara de asombro cuando se enteró de que mi amigo no traía equipaje ni daba ninguna explicación al respecto. Entre los dos le proporcionamos lo que le faltaba, y después, mientras hacíamos una cena tardía, le contamos al baronet nuestra experiencia, limitándonos a la parte que parecía deseable que conociera. Pero antes tuve que cumplir el triste deber de darles la noticia a Barrymore y a su esposa. Puede que representase un alivio sin paliativos para él, pero ella lloró amargamente llevándose el delantal a la cara. El que había sido para todo el mundo un hombre violento, entre bestia y demonio, había seguido siendo para ella el niño caprichoso de cuando era niña, la criatura que paseaba de su mano. Muy malo ha de ser, en verdad, el hombre que no tiene una sola mujer que lo llore.

—Me he pasado todo el día aburrido en casa desde que se marchó Watson por la mañana —dijo sir Henry—. Supongo que debería reconocérseme el mérito de haber guardado mi promesa. Si no hubiera jurado que no saldría solo, podría haber pasado una velada más entretenida, ya que recibí recado de Stapleton invitándome a ir a su casa.

—No me cabe duda de que habría pasado una velada entretenidísima —replicó Holmes con sequedad—. Por cierto, supongo que no sabrá usted que lo hemos llorado por muerto, creyendo que se había roto el cuello...

—¿Cómo ha sido eso? —preguntó sir Henry, abriendo mucho los ojos.

—Ese pobre desgraciado llevaba ropa de usted. Me temo que su criado, que se la dio, podrá tener problemas con la policía.

—Es poco probable. La ropa no tenía ninguna marca, que yo sepa.

—Mejor para él... De hecho, mejor para todos ustedes, ya que todos han transgredido la ley en este asunto. No sé si mi primer deber como detective íntegro sería detener a todos los habitantes de la casa. Los informes de Watson son unos documentos muy incriminadores.

—Pero ¿qué hay del caso? —preguntó sir Henry—. ¿Ha desentrañado usted la maraña? Me parece que ni Watson ni yo sabemos nada más que cuando llegamos.

—Creo que estoy en situación de aclararle bastante la situación antes de que transcurra mucho tiempo. Ha sido un asunto de enorme dificultad y complicación. Existen algunos puntos todavía oscuros... Pero también les está llegando la luz.

—Hemos tenido una experiencia, como le habrá contado Watson sin duda. Oímos el perro en el páramo, de modo que puedo dar fe de que no son todas supersticiones vanas. Traté algo con perros cuando estuve en el oeste, y los reconozco cuando los oigo. Si usted es capaz de ponerle un bozal y una cadena a ése, estaré dispuesto a jurar que es el detective más grande de todos los tiempos.

—Creo que le pondré el bozal y la cadena, en efecto, si usted me presta su ayuda.

—Haré todo lo que me diga usted.

—Muy bien, y le pediré que lo haga a ciegas, sin preguntarme los motivos.

—Como usted quiera.

—Si lo hace así, creo que lo más probable es que nuestro pequeño problema no tarde en quedar resuelto. No me cabe duda de que...

Calló de pronto y se quedó mirando fijamente al aire, por encima de mi cabeza. Le daba en la cara la luz de la lámpara, y la tenía tan atenta y tan inmóvil que podría ser la de una estatua clásica, imagen de la vigilancia y la expectación.

—¿Qué sucede? —exclamamos los dos.

Cuando bajó la vista, advertí que estaba conteniendo una muestra de emoción. Aunque mantenía la compostura en sus rasgos, los ojos le brillaban de júbilo y regocijo.

—Dispense usted la admiración de un entendido —respondió mientras extendía la mano hacia la hilera de retratos que cubrían la pared opuesta—. Watson afirma que no sé nada de pintura, pero es por pura envidia, por nuestras diferencias de opinión sobre la materia. Pues bien, he aquí una serie francamente buena de retratos.

—Bueno, me alegro de oírlo —dijo sir Henry, mirando a mi amigo con cierta sorpresa—. Yo me las doy de entendido en pintura, y sabría juzgar mejor un caballo o un toro que un cuadro. No sabía que tuviera usted tiempo para estas cosas.

—Reconozco lo bueno cuando lo veo, y ahora lo estoy viendo. Ese retrato es de Kneller, estoy dispuesto a jurarlo, el de esa dama de seda azul de ahí, y el del caballero grueso con peluca debe de ser un Reynolds. ¿Son todos retratos de familia, supongo?

—Sí, todos.

—¿Conoce usted los nombres de los retratados?

—Barrymore me los estuvo enseñando, y creo que me he aprendido la lección bastante bien.

—¿Quién es el caballero que lleva el catalejo?

—Es el contraalmirante Baskerville, que sirvió a las órdenes de Rodney en las Antillas. El hombre de la casaca azul y el rollo de papel es sir William Baskerville, que fue presidente de Comités de la Cámara de los Comunes cuando Pitt era primer ministro.

—¿Y ese caballero que tengo delante, el de terciopelo negro y encajes?

—Ah, tiene usted derecho a conocerlo. Es el causante de todos los males, el malvado Hugo, el que hizo aparecer el perro de los Baskerville. Será difícil que lo olvidemos.

Miré el retrato con interés y con alguna sorpresa.

—¡Caramba! —dijo Holmes—. Parece hombre bastante tranquilo y manso, pero me atrevería a decir que en sus ojos acecha un demonio. Me lo había figurado como una persona más robusta y bestial.

—No cabe duda de que el retrato es auténtico, pues el lienzo lleva escrito por detrás el nombre y la fecha, 1647.

Holmes habló poco más, pero parecía que el retrato del antiguo juerguista lo fascinaba, y terminó de cenar sin apartar de él los ojos. Sólo más tarde, cuando sir Henry se hubo retirado a su cuarto, pude seguir el hilo de sus pensamientos. Me acompañó al antiguo salón de banquetes, con la vela de su cuarto en la mano, y la levantó ante el retrato de la pared, oscurecido por el tiempo.

—¿Ve usted algo ahí?

Miré el gran sombrero con plumas, el pelo rizado, el cuello de encaje blanco y la cara recta y severa que estaba enmarcada por ellos. No era un semblante brutal, aunque sí adusto, riguroso y severo, de boca apretada, con labios finos y ojos fríos e intolerantes.

¿Se parece a alguien a quien conozca usted?

—Tiene en la mandíbula algo de sir Henry.

—Sólo un rastro, quizá. ¡Pero espere un instante!

Se subió a una silla y, mientras sostenía la luz con la mano izquierda, cubrió con el brazo derecho en arco el ancho sombrero y los largos rizos.

—¡Cielo santo! —exclamé, maravillado.

En el cuadro había aparecido la cara de Stapleton.

—Ah, ya lo ve usted. Yo he acostumbrado a mis ojos a estudiar las caras y no sus adornos. La primera cualidad del investigador criminal es no dejarse engañar por un disfraz.

—Pero esto es maravilloso. Podría tratarse de su retrato.

—Sí, es un caso interesante de atavismo, que parece ser tanto físico como espiritual. El estudio de los retratos de familia basta para convertirlo a uno a la doctrina de la reencarnación. Ese hombre es un Baskerville, es evidente.

—Con aspiraciones sucesorias.

—Exactamente. Esta circunstancia casual del retrato nos ha proporcionado uno de los eslabones perdidos más evidentes. Ya lo tenemos, Watson, ya lo tenemos, y me atrevería a jurar que antes de mañana por la noche estará debatiéndose en nuestra red como una de sus mariposas. ¡Un alfiler, un corcho, una tarjeta, y lo añadiremos a la colección de Baker Street!

Se echó a reír, cosa rara en él, al apartarse del cuadro. Las pocas veces que le he oído reír han anunciado siempre la perdición de alguien.

A la mañana siguiente me levanté temprano, pero Holmes había madrugado todavía más, pues mientras me vestía lo vi llegar por la avenida.

—Sí, hoy tendremos un día muy completo —observó, y la alegría de entrar en acción le hizo frotarse las manos—. Las redes están tendidas y va a empezar la pesca. Antes de que termine la jornada sabremos si hemos pescado a nuestro hermoso lucio de boca estrecha o si ha logrado zafarse de nuestras redes.

—¿Ha salido usted ya al páramo?

—He informado desde Grimpen a Princetown de la muerte de Selden. Creo que puedo prometerles que ninguno de ustedes tendrá ninguna complicación al respecto. Y me he comunicado también con mi fiel Cartwright, quien sin duda se habría dejado morir a la puerta de mi choza, como un perro en la tumba de su amo, si no lo hubiera tranquilizado haciéndole saber que estoy a salvo.

—¿Cuál es el paso siguiente?

—Ver a sir Henry. ¡Ah, aquí llega!

—Buenos días, Holmes —dijo el baronet—. Parece usted un general que traza el plan de batalla con su jefe de Estado Mayor.

—Es exactamente la situación. Watson me pedía instrucciones.

—Y yo también se las pido.

—Muy bien. Según tengo entendido, está invitado usted a cenar esta noche con nuestros amigos los Stapleton.

—Espero que venga usted también. Son unas personas muy hospitalarias, y estoy seguro de que se alegrarían mucho de verlo.

—Me temo que Watson y yo debemos ir a Londres.

—¿A Londres?

—Sí, creo que allí seremos más útiles en la coyuntura actual.

Al baronet le asomó apreciablemente la desilusión al rostro.

—Yo esperaba que me acompañase usted hasta dejar resuelto este asunto. El palacio y el páramo son lugares muy poco agradables cuando uno está solo.

—Mi querido amigo, deberá usted confiar en mí sin reservas y hacer exactamente lo que le diga. Puede decirles a sus amigos que me habría encantado ir con usted pero que un asunto urgente ha requerido nuestra presencia en la capital. Esperamos regresar muy pronto a Devon. ¿Se acordará usted de darles el recado?

—Si usted se empeña...

—No hay otra opción, se lo aseguro.

Advertí por el ceño sombrío de sir Henry que éste estaba muy dolido por lo que consideraba una deserción por nuestra parte.

—¿Cuándo quiere partir? —preguntó con frialdad.

—Inmediatamente después del desayuno. Iremos en carruaje a Coombe Tracey, pero Watson se dejará sus pertenencias en prenda para asegurarle que volverá con usted. Watson, envíele usted una nota a Stapleton disculpándose por no poder asistir.

—Me dan ganas de volverme a Londres con usted —dijo el baronet—. ¿Por qué quedarme aquí solo?

—Porque es su deber. Porque me dio usted su palabra de hacer lo que le dijera, y le digo que se quede.

—Está bien. Me quedaré, entonces.

—¡Una instrucción más! Quiero que vaya usted en carruaje a la casa Merripit. Sin embargo, cuando llegue, haga volver el carruaje y diga que piensa volverse a su casa a pie.

—¿Que vuelva a pie por el páramo?

—Sí.

—Pero eso es precisamente lo que me ha advertido usted tantas veces que no debo hacer.

—Esta vez lo podrá hacer a salvo. No se lo pediría a usted si no tuviera plena confianza en su temple y su valor, pero es esencial que lo haga.

—En ese caso, lo haré.

—Y si le tiene apego a la vida, no atraviese el páramo en ninguna dirección más que el camino que va directamente de la casa Merripit a la carretera de Grimpen, que es el camino natural que ha de seguir para volver a su casa.

—Lo haré tal como dice usted.

—Muy bien. Procuraré salir en cuanto pueda después del desayuno para llegar a Londres por la tarde.

Este programa me dejó atónito, aunque recordé que Holmes había dicho a Stapleton la noche anterior que su visita terminaría al día siguiente. Sin embargo, no se me había pasado por la cabeza que fuese a pedirme que fuera con él, ni comprendía cómo podíamos ausentarnos los dos en un momento que él mismo calificaba de crítico. Con todo, no cabía más que obedecer sin protestar, de manera que nos despedimos de nuestro apenado amigo, y al cabo de un par de horas estábamos en la estación de Coombe Tracey y habíamos mandado el carruaje de vuelta a casa. Un muchacho pequeño esperaba en el andén.

—¿Manda algo, señor?

—Te volverás a Londres en este tren, Cartwright. En cuanto llegues, le enviarás a sir Henry Baskerville un telegrama en mi nombre pidiéndole que si encuentra la cartera que he perdido la envíe a Baker Street por correo certificado.

—Sí, señor.

—Y pregunta en la estafeta de la estación si hay algún mensaje para mí.

El muchacho volvió con un telegrama, que Holmes me entregó. Decía así:

«Recibido telegrama. Voy con orden de detención en blanco. Llego tren cinco cuarenta. Lestrade».

—Es en respuesta al que le envié yo esta mañana. Creo que es el mejor de los profesionales, y puede que necesitemos de su ayuda. Ahora, Watson, creo que no podemos emplear mejor el tiempo que haciendo una visita a su conocida, la señora Laura Lyons.

Empezaba a quedar claro su plan de campaña. Se serviría de sir Henry para convencer a los Stapleton de que nos habíamos marchado de verdad, aunque en realidad volveríamos en el instante en que tal vez más falta hiciésemos. Si sir Henry les hablaba a los Stapleton del telegrama de Londres, despejaría las últimas sospechas de éstos. Ya me parecía ver cerrarse nuestras redes sobre el lucio de boca estrecha.

La señora Laura Lyons estaba en su oficina, y Sherlock Holmes abrió la entrevista con una naturalidad y llaneza que la sorprendieron para bien.

—Estoy investigando las circunstancias que rodearon la muerte del difunto sir Charles Baskerville —arrancó—. Mi amigo aquí presente, el doctor Watson, me ha informado de lo que ha comunicado usted sobre este asunto, y también de lo que ha ocultado.

—¿Qué he ocultado? —preguntó ella con aire desafiante.

—Ha confesado usted que le pidió sir Charles que acudiera al portillo a las diez de la noche. Sabemos que aquéllos fueron el lugar y la hora de su muerte. Ha ocultado usted la relación entre los dos hechos.

—No existe ninguna relación.

—En tal caso, debe de tratarse de una coincidencia francamente extraordinaria. Sin embargo, creo que conseguiremos establecer una relación, al fin y al cabo. Quiero ser absolutamente sincero con usted, señora Lyons. Consideramos que se trata de un caso de asesinato, y las pruebas pueden complicar no sólo al amigo de usted, el señor Stapleton, sino también a su esposa.

La señora se levantó de la silla de un salto.

—¡Su esposa! —exclamó.

—Ya no es ningún secreto. La persona que se ha hecho pasar por hermana suya es, en realidad, su esposa.

La señora Lyons había vuelto a sentarse. Se aferraba con fuerza a los brazos de la silla, y vi que sus uñas rosadas se habían vuelto blancas por la presión.

—¡Su esposa! —volvió a decir—. ¡Su esposa! No estaba casado.

Sherlock Holmes se encogió de hombros.

—¡Demuéstremelo! ¡Demuéstremelo! ¡Y si es capaz de hacerlo...!

El brillo feroz de sus ojos decía más que las palabras.

—He venido preparado para demostrárselo —respondió Holmes, y sacó del bolsillo varios papeles—. He aquí una fotografía de la pareja, tomada en York hace cuatro años. Lleva al dorso la inscripción «Señor y señora Vandeleur», pero a usted no le costará trabajo reconocer a aquél, y también a ésta si la conoce de vista. Aquí tiene tres descripciones por escrito, de testigos fidedignos, del señor y la señora Vandeleur, que dirigían por entonces la escuela privada Saint Oliver. Léalas y vea si puede dudar de la identidad de esas personas.

Les echó una ojeada y, acto seguido, levantó la vista hacia nosotros con cara rígida y tensa de mujer desesperada.

—Señor Holmes —dijo—, este hombre se había ofrecido a casarse conmigo a condición de que pudiera divorciarme de mi marido. El muy villano me ha mentido de todas las maneras concebibles. No me ha dicho jamás ni una palabra verdadera. Y ¿por qué?, ¿por qué? Yo me figuraba que era todo por mí. Pero ahora veo que no he sido nunca más que un instrumento en sus manos. ¿Por qué he de guardar la palabra al que no me la ha guardado a mí jamás? ¿Por qué he de intentar protegerlo de las consecuencias de sus propios actos de maldad? Pregúntenme ustedes lo que quieran: no ocultaré nada. Les juro una cosa: cuando escribí la carta no soñaba que pudiera hacerle daño alguno a aquel viejo caballero que había sido el más bondadoso de mis amigos.

—La creo a usted por entero, señora —la calmó Sherlock Holmes—. Debe de resultarle muy doloroso relatar estos hechos, y quizá sea más fácil que yo le cuente lo sucedido y usted me corrija si cometo algún error de importancia. ¿Stapleton le sugirió que enviara aquella carta?

—Me la dictó él.

—¿Supongo que le daría el motivo de que sir Charles le prestaría ayuda para sufragar los gastos jurídicos del divorcio de usted?

—Exactamente.

—¿Y que después de enviar usted la carta la disuadió de que acudiera a la cita?

—Me dijo que heriría su amor propio que otro hombre proporcionara el dinero para ese fin, y que aunque él era pobre, dedicaría hasta su último penique a eliminar los obstáculos que nos separaban.

—Parece un personaje muy coherente. ¿Y usted no se enteró de nada después hasta que leyó la crónica de la muerte en el periódico?

—No.

—¿Y le hizo jurar que no diría nada de su cita con sir Charles?

—Eso hizo. Dijo que la muerte era muy misteriosa y que sin duda se sospecharía de mí si se conocieran los hechos. Me asustó para hacerme callar.

—Ya veo. Pero ¿usted sospechaba algo?

La señora titubeó y bajó la vista.

—Lo conocía —dijo—. Pero si él me hubiera sido fiel, yo se lo habría sido siempre a mi vez.

—Creo que ha salido usted muy bien parada, en conjunto —dijo Sherlock Holmes—. Ha tenido a ese hombre en su poder, y él lo sabía, y sigue usted viva a pesar de ello. Ha caminado usted durante algunos meses muy cerca del borde de un precipicio. Ahora debemos desearle a usted muy buenos días, señora Lyons, y es muy probable que vuelva a recibir usted noticias nuestras muy pronto.

—Nuestro caso se va despejando, y las dificultades se aclaran ante nosotros una tras otra —dijo Holmes mientras esperábamos la llegada del expreso de la capital—. Pronto estaré en condiciones de presentar una crónica completa de uno de los crímenes más singulares y sensacionales de la época moderna. Los estudiosos de la criminología recordarán los incidentes análogos que tuvieron lugar en Godno, en Ucrania, en el año 1866, y están también, por supuesto, los asesinatos de Anderson en Carolina del Norte; sin embargo, este caso tiene algunos rasgos absolutamente propios. Ni siquiera en estos momentos tenemos pruebas concluyentes contra ese hombre tan taimado. Aunque me sorprendería mucho que nos vayamos a acostar esta noche sin tenerlas.

El expreso de Londres entró trepidante en la estación, y un hombre pequeño, enjuto y fuerte, con aspecto de bulldog, bajó de un vagón de primera clase. Nos dimos la mano los tres, y advertí enseguida, por el respeto con que miraba Lestrade a mi compañero, que había aprendido mucho desde los primeros tiempos en que habían trabajado juntos. Yo recordaba bien el desprecio con que recibía antes aquel hombre de carácter práctico las teorías del hombre razonador.

—¿Hay algo bueno? —preguntó.

—Lo más grande desde hace años —respondió Holmes—. Tenemos dos horas por delante antes de ponernos en camino. Creo que podríamos dedicarlas a cenar algo, y después, Lestrade, le quitaremos de la garganta la niebla de Londres dándole de respirar el aire puro de la noche de Dartmoor. ¿No había estado usted allí nunca? Ah, bueno, creo que no se le olvidará su primera visita.

CAPÍTULO XIV

EL PERRO DE LOS BASKERVILLE

Uno de los defectos de Sherlock Holmes (si de defecto se puede calificar) era su enorme aversión a comunicar todos sus planes hasta el instante mismo de llevarlos a cabo. Se debía, en parte, sin duda, a su propio carácter imperioso, por el que le gustaba dominar y sorprender a los que lo rodeaban. También, en parte, a su prudencia profesional, que lo llevaba a no cometer jamás ninguna imprudencia. Las consecuencias, no obstante, eran muy penosas para los que ejercíamos de agentes y ayudantes suyos. Yo las había padecido con frecuencia, aunque nunca con tanta intensidad como durante aquel largo viaje en la oscuridad. Teníamos por delante una gran prueba; íbamos a hacer por fin el esfuerzo definitivo, y, sin embargo, Holmes no había dicho nada, y yo no podía más que intuir cuál sería su línea de acción. Los nervios se me estremecieron por la expectación cuando el viento frío que nos daba en la cara y los espacios oscuros, vacíos, a ambos lados de la carretera estrecha me dijeron por fin que regresábamos al páramo. Cada paso de los caballos y cada vuelta de las ruedas nos acercaban más a nuestra aventura culminante.

La presencia del cochero de la tartana de alquiler representaba un estorbo para nuestra conversación, de modo que nos vimos obligados a hablar de cosas triviales cuando teníamos los nervios tensos de emoción y expectación. Me sentí aliviado tras aquella represión forzosa cuando pasamos por fin ante la casa de Frankland y supimos que nos acercábamos al palacio y al escenario de la acción. No llegamos con el carruaje hasta la puerta, sino que nos apeamos cerca del portón de la avenida. Pagamos al cochero y lo despachamos de nuevo para Coombe Tracey, mientras emprendíamos el camino a pie hacia la casa Merripit.

—¿Va usted armado, Lestrade?

El pequeño detective sonrió.

—Mientras lleve puestos los pantalones, tengo un bolsillo trasero. Y mientras tenga un bolsillo trasero, llevo algo en él.

—¡Bien! Mi amigo y yo también estamos preparados para una posible contingencia...

—Está usted muy reservado con este asunto, señor Holmes. ¿Qué nos toca hacer ahora?

—Nos toca esperar.

—Este sitio no parece nada alegre, palabra —dijo el detective, estremeciéndose mientras miraba las laderas tenebrosas de la colina y el lago inmenso de niebla que cubría la ciénaga de Grimpen—. Veo las luces de una casa ante nosotros.

—Es la casa Merripit, el final de nuestro viaje. He de pedirles que caminen de puntillas y no hablen más que susurrando.

Avanzamos con cautela por el camino como si nos dirigiésemos a la casa, pero Holmes nos detuvo cuando estábamos a unas doscientas yardas.

—Con esto bastará —dijo—. Estas piedras de la derecha son un escondrijo admirable.

—¿Hemos de esperar aquí?

—Sí; prepararemos aquí nuestra pequeña emboscada. Acomódese usted en este hueco, Lestrade. Usted ha estado dentro de la casa, ¿verdad, Watson? ¿Puede indicarnos la situación de las habitaciones? ¿A qué corresponden estas ventanas de celosía de este lado?

—Creo que son las ventanas de la cocina.

—¿Y la de más allá, tan iluminada?

—Es la del comedor, con toda seguridad.

—Las persianas están subidas. Usted conoce mejor el terreno. Adelántese sin hacer ruido y mire lo que hacen... Pero, en nombre del cielo, ¡que no se den cuenta de que los están vigilando!

Bajé de puntillas por el camino y me agaché ante el muro bajo que rodeaba el huerto de frutales atrofiados. Llegué deslizándome a su sombra hasta un punto desde el que podía mirar directamente por la ventana, que tenía las cortinas descorridas.

En la sala sólo estaban dos personas, sir Henry y Stapleton. Se hallaban sentados de perfil hacia mí, uno a cada lado de la mesa redonda. Los dos fumaban puros y tenían delante café y vino. Stapleton hablaba con animación, pero el baronet parecía pálido y distraído. Quizá le estuviera pesando mucho en su fuero interno la idea del paseo solitario que lo esperaba por el páramo de mal agüero.

Cuando los estaba observando, Stapleton se levantó y salió de la sala. Mientras tanto, sir Henry volvió a llenarse la copa y se recostó de nuevo en su butaca, aspirando su cigarro. Oí el chirrido de una puerta y el crujir de unas botas sobre la gravilla. Los pasos seguían el sendero que transcurría al otro lado del muro tras el que estaba yo agachado. Me asomé por encima y vi que el naturalista se detenía a la puerta de una caseta en un rincón del huerto. Hizo girar una llave en una cerradura, y salió del interior un ruido curioso, como un forcejeo. Sólo estuvo dentro cosa de un minuto, y después oí girar la llave una vez más y Stapleton pasó ante mí y volvió a entrar la casa. Vi que se reunía con su huésped y volví a deslizarme en silencio hasta donde me esperaban mis compañeros para contarles lo que había visto.

—¿Y dice usted que la señora no está allí, Watson? —me preguntó Holmes cuando hube terminado de dar mi informe.

—No.

—¿Dónde puede estar, entonces? Ya que no hay luz en ningún otro cuarto, salvo en la cocina.

—No se me ocurre dónde puede estar.

Como ya he dicho, se cernía una niebla densa y blanca sobre la gran ciénaga de Grimpen. Se desplazaba lentamente hacia nosotros y se alzaba como un muro a nuestro lado, de poca altura pero espeso y bien definido. Lo iluminaba la luna, y parecía un gran campo de hielo brillante, con las cúspides de los tolmos lejanos como si fueran piedras sobre su superficie.

Holmes volvió el rostro hacia él y murmuró con impaciencia al ver su avance paulatino.

—¿Se desplaza hacia nosotros, Watson?

—¿Es eso grave?

—Gravísimo: es la única cosa del mundo que podría truncar mis planes. Ya no puede tardar mucho. Son las diez. Nuestro éxito, e incluso la vida de él, pueden depender de que salga antes de que la niebla cubra el camino.

Hacía una noche clara y despejada por encima de nosotros. Brillaban las estrellas, finas y luminosas, mientras una luna en cuarto creciente bañaba toda la escena de una luz suave e incierta. Ante nosotros se alzaba la mole oscura de la casa, con el perfil quebrado de su tejado, erizado de chimeneas, bien perfilado sobre el cielo tachonado de puntos de plata. De las ventanas inferiores salían anchos haces de luz dorada que se extendían por el huerto y el páramo. Uno se apagó de pronto. Los criados se habían retirado de la cocina. Sólo quedaba la lámpara del comedor, donde seguían charlando mientras se fumaban sus puros los dos hombres, el anfitrión asesino y el huésped desprevenido.

Aquella extensión blanca y algodonosa que cubría la mitad del páramo se desplazaba cada vez más cerca de la casa a cada minuto que transcurría. Ya se enroscaban las primeras volutas delgadas sobre el cuadro dorado de la ventana encendida. Ya no se veía el muro del fondo del huerto y los árboles se alzaban entre remolinos de vapor blanco. Vimos cómo las espirales de niebla y rodeaban las dos esquinas de la casa y se encrespaban lentamente hasta convertirse en una nube densa sobre la que flotaba el piso superior y el tejado como un barco extraño sobre un mar de sombras. Holmes asestó una palmada de irritación en la roca que tenía delante y dio pisotones de impaciencia.

—Si no ha salido dentro de un cuarto de hora, el camino quedará cubierto. De aquí a media hora no nos veremos ni las manos.

—¿Nos retiramos a un terreno más alto?

—Sí, creo que sería mejor.

Así pues, mientras se adelantaba el banco de niebla, nosotros nos retiramos hasta que estuvimos a media milla de la casa, y aquel mar blanco denso y con el borde superior plateado por la luna seguía avanzando de manera lenta e inexorable.

—Nos estamos alejando demasiado —dijo Holmes—. No podemos arriesgarnos a que lo alcancen antes de que llegue hasta nosotros. Debemos mantenernos firmes en nuestros puestos, a todo trance.

Se puso de rodillas y pegó el oído al suelo.

—Creo que lo oigo llegar, gracias a Dios.

El sonido de unos pasos rápidos rompía el silencio del páramo. Agachados entre las piedras, miramos con suma atención el banco de niebla de borde plateado que teníamos delante. Los pasos sonaron con más fuerza, y surgió de entre la niebla, como de detrás de un telón, el hombre al que esperábamos. Miró sorprendido a su alrededor cuando salió a la noche clara, iluminada por las estrellas. Después siguió aprisa por el camino, pasó cerca de nuestro escondrijo y siguió adelante subiendo la larga ladera que teníamos a nuestra espalda. Mientras caminaba, volvía la vista atrás constantemente sobre uno y otro hombro, como si estuviera intranquilo.

—¡Chist! —exclamó Holmes, y oí el clic agudo de un revólver al amartillarse—. ¡Atención! ¡Ya viene!

De alguna parte del corazón de aquel banco de niebla que se desplazaba lentamente llegaban un ruido de patas leve, crujiente, continuo. La nube se hallaba a cincuenta yardas de donde estábamos escondidos y la miramos fijamente los tres sin saber con seguridad qué horror iba a irrumpir desde su corazón. Yo estaba junto a Holmes y le miré la cara por un momento. La tenía pálida y jubilosa, y los ojos le brillaban con fuerza a la luz de la luna. Pero de pronto adoptaron una mirada rígida y fija al frente, y Holmes abrió los labios con una mueca de asombro. Al mismo tiempo, Lestrade soltó un chillido de terror y se arrojó al suelo boca abajo. Yo me incorporé de un salto sujetando mi revólver en la mano inerte, con la mente paralizada por la forma espantosa que nos había aparecido delante de entre las tinieblas de la niebla. Era un perro, en efecto, un perro enorme, negro como el carbón, pero un perro como no lo han visto jamás los ojos de los mortales. Le salía fuego de la boca abierta, los ojos le ardían con brillo abrasador, tenía

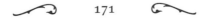

los flancos, el hocico y la papada bordeados de llamas parpadeantes. Ni en el sueño más delirante de un cerebro trastornado podría concebirse nada más salvaje, más espantoso, más infernal que aquella forma oscura y aquella cara salvaje que había surgido ante nosotros del muro de niebla.

La inmensa criatura negra se desplazaba por el camino a grandes saltos, siguiendo velozmente los pasos de nuestro amigo. Su aparición nos había dejado tan paralizados que la dejamos pasar sin haber recuperado la sangre fría. Después, Holmes y yo disparamos a la vez y la criatura soltó un aullido horrible que indicó que al menos uno de los dos la había herido. Sin embargo, no se detuvo y siguió avanzando a saltos. Vimos a lo lejos, en el camino, a sir Henry, que miraba atrás, con la cara pálida a la luz de la luna, levantando las manos de horror, mirando impotente aquel ser espantoso que se le venía encima. Pero el quejido de dolor del perro había dispersado todos nuestros temores. Si era vulnerable, era mortal, y si podíamos herirlo, podríamos matarlo. No he visto jamás correr tanto a un hombre como corrió Holmes aquella noche. A mí se me tiene por buen corredor, pero Holmes me sacó tanta ventaja como yo se la saqué al pequeño profesional. Mientras subíamos a toda velocidad camino arriba, oíamos llegar grito tras grito de sir Henry y el rugido profundo del perro. Llegué a tiempo de ver a la bestia abalanzarse sobre su víctima, arrojarla al suelo y tirársele al cuello. Pero, al cabo de un instante, Holmes había descargado cinco balas de su revólver en el costado de la criatura. Ésta cayó de espaldas con un último aullido de agonía, lanzando un mordisco malévolo al aire, sacudiendo las cuatro patas con furia. Después se quedó tendida de lado, flácida. Me incliné, jadeante, y apoyé el revólver en la cabeza terrible, brillante, pero era inútil apretar el gatillo. El perro gigante había muerto.

Sir Henry yacía sin sentido donde había caído. Le arrancamos el cuello de la camisa, y Holmes pronunció en voz baja una oración de acción de gracias cuando vimos que no tenía rastro de heridas y que habíamos acudido a tiempo al rescate. Nuestro amigo ya movía los párpados e intentaba débilmente moverse. Lestrade metió su petaca de *brandy* entre los dientes y nos miraron dos ojos asustados.

—¡Dios mío! —susurró—. ¿Qué era eso? ¿Qué era eso, en nombre del cielo?

—Fuera lo que fuese, está muerto —dijo Holmes—. Hemos acabado para siempre con el fantasma de la familia.

La criatura que yacía tendida ante nosotros era terrible de por sí, debido a su tamaño y fuerza. No era sabueso puro ni mastín puro; parecía, más bien, una combinación de ambas razas, feroz, salvaje y tan grande como una leona pequeña. Aun en la inmovilidad de la muerte, parecía que sus fauces destilaban una llama azulada y que sus ojos hundidos y crueles tenían cercos de fuego. Puse la mano en el hocico luminoso y, al retirarla, mis propios dedos brillaron y relucieron en la oscuridad.

—Fósforo —dije.

—Un hábil preparado a base de fósforo —comentó Holmes, olisqueando el animal muerto—. No hay ningún olor que pudiera entorpecerle la capacidad de seguir el rastro. Debemos disculparnos profusamente ante usted, sir Henry, por haberlo expuesto a este susto. Yo esperaba encontrarme con un perro, pero no con una criatura como ésta. Y la niebla nos dejó poco tiempo para recibirla.

—Me ha salvado usted la vida.

—Después de habérsela puesto en peligro. ¿Tiene fuerzas para ponerse de pie?

—Si me dan otro trago de ese *brandy,* estaré dispuesto para cualquier cosa. ¡Eso es! Ahora, si hacen el favor de ayudarme a levantarme... ¿Qué piensan hacer?

—Dejarlo a usted aquí. No está en condiciones de correr más aventuras esta noche. Si se espera usted, alguno de nosotros lo acompañará hasta el palacio.

Intentó ponerse de pie, pero seguía horriblemente pálido y le temblaban todos los miembros. Lo ayudamos a llegar hasta una piedra, donde se sentó, tiritando y con la cara hundida entre las manos.

—Ahora, hemos de dejarlo —dijo Holmes—. Debemos completar nuestro trabajo, y cada momento cuenta. Ya tenemos las pruebas, y sólo nos falta atrapar al hombre.

—Tenemos una probabilidad entre mil de encontrarlo en la casa —prosiguió mientras desandábamos rápidamente lo andado—. El ruido de los disparos le habrá advertido de que ha sido descubierto.

—Estábamos a cierta distancia, y puede que esta niebla tan densa los haya amortiguado.

—Él venía siguiendo al perro para llevárselo después, puede estar usted seguro de ello. No, no, ¡habrá huido ya! Sin embargo, registraremos la casa para comprobarlo.

La puerta principal estaba abierta, de modo que irrumpimos en la casa y corrimos de habitación en habitación, para sorpresa de un criado viejo y chocho que salió a recibirnos al pasillo. No había más luz que la del comedor, pero Holmes tomó la lámpara en la mano y no dejó ningún rincón de la casa sin explorar. No vimos ningún indicio del hombre al que perseguíamos. Sin embargo, uno de los dormitorios del piso alto estaba cerrado con llave.

—Aquí hay alguien —exclamó Lestrade—. Oigo moverse algo. ¡Abran la puerta!

Se oían dentro leves quejidos y movimientos. Holmes golpeó con la planta del pie la puerta por encima de la cerradura. Se abrió de par en par. Los tres irrumpimos en la habitación pistola en mano.

Pero dentro no había rastro de aquel criminal desesperado y atrevido al que esperábamos encontrarnos. Nos encontramos, en cambio, ante un objeto tan raro e inesperado que nos quedamos inmóviles por un momento, mirándolo con asombro.

La habitación se había convertido en un pequeño museo, y a lo largo de las paredes había una serie de vitrinas que contenían la colección de mariposas y polillas que le había servido de entretenimiento a aquel hombre complejo y peligroso. En el centro de la habitación había un puntal vertical que se había instalado en alguna época como apoyo de la viga carcomida que iba de un lado al otro del techo. Había una figura atada a ese poste, tan envuelta y amordazada con las sábanas que se habían usado para inmovilizarla que costaba distinguir a primera vista si se trataba de hombre o mujer. Le rodeaba el cuello una toalla, atada por detrás del puntal. Otra le cubría la parte inferior de la cara, y nos miraban por encima de ella dos ojos oscuros, ojos llenos de dolor y vergüenza y de una pregunta terrible. Al cabo de unos instantes habíamos arrancado la mordaza y desatado los nudos, y la señora Stapleton cayó al suelo ante nosotros. Cuando bajó sobre el pecho la hermosa cabeza, vi claramente en su cuello la señal roja de un latigazo.

—¡Qué salvaje! —exclamó Holmes—. ¡Vamos, Lestrade, su petaca de *brandy*! ¡Siéntenla en la silla! Se ha desmayado por los malos tratos y el agotamiento.

La señora Stapleton volvió a abrir los ojos.

—¿Está a salvo? —preguntó—. ¿Se ha escapado?

—No podrá escaparse de nosotros, señora.

—No, no, no lo decía por mi marido. ¿Está a salvo sir Henry?

—Sí.

—¿Y el perro?

—Está muerto.

Soltó un largo suspiro de satisfacción.

—¡Gracias a Dios! ¡Gracias a Dios! ¡Ah, el malvado! ¡Vean cómo me ha tratado! —extendió los brazos sacándolos de las mangas y vimos con horror que los tenía llenos de cardenales—. Pero esto no es nada. ¡Nada! Han sido mi mente y mi alma lo que ha atormentado y mancillado. Yo podría soportarlo todo, los malos tratos, la soledad y una vida de engaños, todo, con tal de aferrarme a la esperanza de que tenía su amor; pero ahora sé que también en esto me ha mentido y se ha servido de mí.

Pronunció las últimas palabras entre sollozos apasionados.

—No le debe usted nada, señora —dijo Holmes—. Díganos dónde podremos encontrarlo. Si usted le ha ayudado alguna vez a hacer el mal, expíe ahora su culpa ayudándonos ahora a nosotros.

—Sólo puede haber huido a un lugar —respondió ella—. En una isla, en el centro de la ciénaga, hay una antigua mina de estaño. Allí guardaba a su perro, y allí también había hecho preparativos para poder tener un lugar de refugio. Habrá huido a ese lugar.

Holmes acercó la lámpara hacia la ventana. El banco de niebla la cubría como si fuera lana blanca.

—Mire —dijo—. Nadie podría entrar en la ciénaga de Grimpen sin perderse en una noche como ésta.

La mujer se rio y dio palmadas. Los ojos y los dientes le brillaron de alegría feroz.

—Podrá entrar, pero no salir —exclamó—. ¿Cómo podría ver esta noche las varas? Las plantamos él y yo, juntos, para señalar el camino por la ciénaga. Ay, ¡ojalá hubiera podido sacarlas hoy! ¡Entonces sí que lo habrían tenido ustedes a su merced!

Nos pareció evidente que toda persecución era inútil mientras no se hubiera despejado la niebla. Mientras tanto, Lestrade se quedó de guardia en la casa mientras Holmes y yo volvíamos con el baronet al palacio de Baskerville. Ya no era posible ocultarle la historia de los Stapleton, pero cuando conoció la verdad acerca de la mujer que había amado, soportó el golpe con valor. Sin embargo, las impresiones de las aventuras de aquella noche le habían destrozado los nervios, y antes de que amaneciera estaba febril y delirante bajo los cuidados del doctor Mortimer. Los dos habrían de dar la vuelta al mundo juntos antes de que sir Henry volviera a ser una vez más el hombre sano y afable que era antes de tomar posesión de aquella hacienda de mal agüero.

Y llego ya rápidamente a la conclusión de esta narración tan singular, en la que he intentado transmitir al lector aquellos temores oscuros y vagas sospechas que enturbiaron nuestras vidas tanto tiempo y terminaron de manera tan trágica. A la mañana siguiente de la muerte del perro se había levantado la niebla, y la señora Stapleton nos guio hasta el lugar donde arrancaba el camino que entraba en la marisma. Fuimos conscientes de cuán horrible había sido la vida de aquella mujer al advertir con cuánta alegría nos ponía tras la pista de su marido. La dejamos en la estrecha península de suelo firme, turboso, que se adentraba en el ancho barrizal. Desde su extremo, unas varas pequeñas plantadas aquí y allá indicaban el camino zigzagueante, de mata en mata de juncos, entre pozos cubiertos de costra verde y sucios tremedales que cerraban el paso a los desconocidos. Las hierbas rancias y las plantas acuáticas exuberantes y viscosas nos echaban a la cara un olor a descomposición y un pesado vapor de miasmas, y más de una

vez dimos un paso en falso que nos hizo hundirnos hasta los muslos en el cenagal oscuro y tembloroso que se agitaba con suaves ondulaciones en varios metros a la redonda a nuestro paso. Nos asía con mano tenaz de los talones al caminar, y cuando nos hundíamos en él era como si una mano maligna nos arrastrara a aquellas profundidades inmundas: así de firme y decidida era la presión con que nos sujetaba. Sólo una vez vimos un indicio de que alguien hubiera pasado antes que nosotros por aquel camino peligroso. Asomaba algo entre una mata de algodoncillo que salía de la ciénaga. Holmes salió del camino para recuperarlo y se hundió hasta la cintura, y si no hubiésemos estado allí nosotros para sacarlo, jamás habría vuelto a poner pie en tierra firme. Sostenía en alto una bota negra vieja. En el cuero, por dentro, decía: «Meyers, Toronto».

—Bien vale un baño de barro —dijo Holmes—. Es la bota que perdió nuestro amigo sir Henry.

—La arrojaría allí Stapleton en su huida.

—Exactamente. Se la quedó en la mano tras usarla para dársela a oler al perro y ponerlo en la pista. Cuando se supo descubierto huyó, con la bota todavía en la mano. Y la tiró en este punto de su fuga. Sabemos, al menos, que llegó a salvo hasta aquí.

Pero nunca sabríamos nada más que eso, aunque sí pudimos deducir mucho. No era posible encontrar huellas en la ciénaga, pues el barro subía y las borraba enseguida; pero cuando llegamos por fin a terreno más firme, más allá del lodazal, las buscamos con avidez. Sin embargo, nuestros ojos no vieron la menor señal de huellas. Si la tierra contaba fielmente lo sucedido, Stapleton no había llegado nunca a aquella isla de refugio hacia la que se retiró penosamente entre la niebla aquella noche definitiva. En alguna parte de lo más profundo de la gran ciénaga de Grimpen, en el barro sucio de la marisma inmensa que se lo tragó, yace enterrado para siempre aquel hombre de corazón frío y cruel.

Encontramos muchos indicios suyos en la isla rodeada de barro donde había tenido escondido a su aliado salvaje. Una noria enorme y una galería medio llena de escombros mostraban el emplazamiento de una mina abandonada. A su lado estaban los restos derruidos de las viviendas de los mineros, que habían tenido que abandonar aquel lugar, sin duda, a causa de los sucios vapores de la ciénaga circundante. En una de ellas había una cadena fijada a un poste y un montón de huesos mordidos que indicaban dónde había estado encerrado el animal. Entre los restos se veía un esqueleto con restos de pelo castaño.

—¡Un perro! —dijo Holmes—. Cáspita, si es un spaniel de pelo rizado. El pobre Mortimer no volverá a ver a su perrito. Bueno, no sé si en este lugar se esconde algún secreto que no hayamos penetrado ya. Podía esconder su perro, pero no podía ocultar su voz, y de aquí procedían estos aullidos tan inquietantes incluso de día. En caso de emergencia podía guardar al perro en la caseta de la casa Merripit, pero esto representaba siempre un peligro, y sólo se atrevió a hacerlo en el día supremo, que él consideraba la culminación de todos sus esfuerzos. La pasta que hay en esta lata es, sin duda, la mezcla luminosa con que pintaba a la criatura. Le dio la idea, por supuesto, el cuento del perro infernal de la familia y el deseo de matar de miedo al viejo sir Charles. No es de extrañar que aquel pobre diablo de presidiario corriera y gritara, como hizo nuestro amigo y como pudimos haber hecho nosotros mismos cuando vio correr una criatura así por la oscuridad del páramo siguiéndole los pasos. El recurso era astuto, pues, aparte de la posibilidad de llevar a la víctima a la muerte, ¿qué campesino osaría acercarse demasiado a investigar si viera a aquella criatura, como la vieron muchos en el páramo? Ya lo dije en Londres, Watson, y lo repito ahora: no hemos contribuido nunca a perseguir a un hombre más peligroso que el que yace allí —concluyó, mientras extendía el largo brazo hacia la ancha expansión salpicada de verde de la ciénaga, que se perdía de vista donde comenzaban las laderas pardas del páramo.

CAPÍTULO XV

RECAPITULACIÓN

A finales de noviembre, Holmes y yo estábamos sentados ante el fuego alegre de la chimenea de nuestro cuarto de estar, en Baker Street. Después del trágico desenlace de nuestra visita al condado de Devon, se había ocupado de dos asuntos de máxima importancia, en el primero de los cuales había puesto al descubierto la conducta atroz del coronel Upwood en relación con el famoso escándalo de juego del Club Nonpareil, mientras que en el segundo defendió a la desventurada madame Montpensier de la acusación de asesinato por la muerte de su hijastra, mademoiselle Carère, la joven a la que, como se recordará, se encontró viva y casada seis meses más tarde en Nueva York. Mi amigo estaba de un ánimo excelente por el éxito que había alcanzado en una serie de casos importantes y difíciles, de modo que pude animarlo a comentar los detalles del misterio de Baskerville. Había esperado con paciencia aquella oportunidad, pues era consciente de que Holmes no consentía jamás que los casos se mezclaran, y que no se dejaba apartar la mente clara y lógica de su trabajo presente para dedicarla a recuerdos del pasado. Sin embargo, sir Henry y el doctor Mortimer estaban en Londres, para emprender ese largo viaje que se había recomendado a aquél para el restablecimiento de sus nervios destrozados. Nos habían venido a visitar aquella misma tarde, de modo que era natural que pasásemos a debatir el asunto.

—Todo el curso de los hechos era sencillo y directo desde el punto de vista del hombre que se hacía llamar Stapleton —dijo Holmes—, si bien para nosotros, que no teníamos al principio ningún modo de conocer los motivos de sus actos y sólo podíamos conocer una parte de los datos, nos parecía todo extraordinariamente complejo. He mantenido dos conversaciones con la señora Stapleton, y el caso ha quedado ya tan claro que me parece que ya no nos ha quedado nada oculto. Encontrará usted algunas notas sobre la cuestión en la letra B de mi archivo de casos.

—Quizá tuviera usted la bondad de esbozar los hechos de memoria.

—Con mucho gusto, aunque no puedo garantizarle que lleve todos los datos en la cabeza. La concentración mental intensa tiene la propiedad curiosa de borrar lo anterior. El abogado que domina el caso y es capaz de discutirlo con un experto descubre que al cabo de una semana o dos de trabajo en el tribunal vuelve a olvidarlo todo una vez más. Del mismo modo, cada uno de mis casos quita el puesto al anterior, y mademoiselle Carère ha borrado mi recuerdo del palacio de Baskerville. Mañana pueden presentarme algún otro problemilla que aparte a su vez de su lugar a la hermosa dama francesa y al infame Upwood. En lo que se refiere al caso del perro, no obstante, le recordaré el curso de los hechos con toda la exactitud que pueda, y usted me indicará cualquier cosa que pueda haber olvidado.

»Mis pesquisas demostraron sin género de dudas que el retrato de familia no mentía y que aquel sujeto era, en efecto, un Baskerville. Era hijo de aquel Rodger Baskerville, hermano menor de sir Charles, que había huido a Sudamérica cubierto de una reputación siniestra, y del que se decía que había muerto allí soltero. En realidad, se casó y tuvo un hijo, este sujeto, cuyo nombre y apellido verdaderos son los de su padre. El hijo se casó con Beryl García, una de las damas más bellas de Costa Rica, y tras haber sustraído una cantidad considerable de caudales públicos se cambió el hombre, haciéndose llamar Vandeleur, y huyó a Inglaterra, donde abrió una escuela en el este del condado de York. Si emprendió este negocio en concreto fue porque en el viaje a Inglaterra había entablado amistad con un maestro tísico, y aprovechó los conocimientos del hombre para sacar adelante el proyecto. Sin embargo, Fraser, el maestro, murió, y la escuela, que había empezado con buen pie, cobró mala fama y acabó en la infamia. A los Vandeleur les pareció oportuno cambiarse de apellido y adoptar el de Stapleton, y éste se llevó al sur de Inglaterra el resto de su fortuna, sus planes para el futuro y su afición a la entomología. En el Museo Británico me enteré de que era una autoridad reconocida en la materia y de que el nombre de Vandeleur se le ha asignado con carácter permanente a cierta polilla que él había descrito por primera vez.

»Llegamos ya a esta parte de su vida que tuvo un interés tan enorme para nosotros. Evidentemente, el hombre había hecho averiguaciones y había descubierto que sólo se interponían dos vidas entre una gran fortuna y él. Creo que cuando se fue a vivir a Devon tenía unos planes muy difusos, aunque es evidente que tenía malas intenciones desde el primer momento, como se desprende del hecho de que se llevara a su esposa haciéndola pasar por hermana suya. Está claro que ya tenía en mente la idea de servirse de ella a modo de cebo, aunque no estuviera seguro de los detalles de su trama. Tenía intención de acabar por apoderarse de la fortuna y estaba dispuesto a servirse de cualquier instrumento y a correr cualquier riesgo para ello. Su primera medida fue establecerse todo lo cerca que pudo de la casa de sus ancestros, y la segunda, cultivar la amistad de sir Charles Baskerville y de los demás vecinos.

»El propio baronet le habló del perro de la familia, y abrió así el camino que condujo a su propia muerte. Stapleton (a quien seguiré llamando así) sabía que el anciano tenía débil el corazón y que podía morirse de un susto. Esto lo sabía por el doctor Mortimer. Había oído también que sir Charles era supersticioso y que se había tomado muy en serio esta leyenda macabra. Su ingenio le sugirió al instante un modo de acabar con sir Charles de un modo tal que fuera casi imposible inculpar al verdadero asesino.

»Después de haber concebido la idea, pasó a llevarla a cabo con notable sutileza. Un intrigante vulgar se habría contentado con servirse de un perro salvaje. El empleo de medios artificiales para que la criatura tuviera un aspecto diabólico fue un rasgo genial por su parte. Compró el perro en Londres, en el establecimiento de Ross y Mangles, en Fulham Road. Era el más fuerte y salvaje que tenían. Lo llevó en ferrocarril por la línea del norte de Devon y recorrió mucha distancia a pie por el páramo para llevarlo hasta su casa sin llamar la atención. En sus búsquedas de insectos ya había aprendido a adentrarse en la gran ciénaga de Grimpen y había encontrado así un escondrijo seguro para la criatura. Allí la guardó mientras esperaba la ocasión.

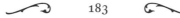

»Pero ésta tardaba en llegar. No había manera de hacer salir de su casa por la noche al anciano caballero con ningún engaño. Stapleton acechó en las proximidades con su perro en varias ocasiones, sin éxito. Los campesinos lo vieron, o vieron más bien a su perro, durante estas salidas estériles, y así cobró nueva vida la leyenda del sabueso demoniaco. Stapleton había tenido la esperanza de que su esposa pudiera atraer a sir Charles para arrastrarlo a la perdición, pero ella dio muestras de una independencia inesperada en este sentido. No estuvo dispuesta a complicar al viejo caballero en una relación sentimental que pudiera dejarlo en manos de su enemigo. Ni las amenazas ni, lamento decirlo, los golpes, bastaron para convencerla. No quiso tener nada que ver con ello, y Stapleton se encontró en un punto muerto durante algún tiempo.

»Encontró el modo de resolver sus dificultades por la circunstancia casual de que sir Charles, que le había cobrado amistad, lo hizo administrador de sus obras de caridad en el caso de aquella mujer desventurada, la señora Laura Lyons. Presentándose como hombre soltero, había cobrado un ascendente completo sobre ella y le había dado a entender que se casaría con ella si ella se divorciaba de su marido. Los planes se precipitaron al enterarse de que sir Charles iba a abandonar el palacio por consejo del doctor Mortimer, con cuya opinión fingía coincidir él mismo. Debía actuar enseguida, de lo contrario, su víctima podía quedar fuera de su alcance. Presionó, por lo tanto, a la señora Lyons para que escribiera aquella carta en la que suplicaba al anciano que le concediera una entrevista en la noche anterior a su partida a Londres. Después, convenció a la señora para que no asistiera, con un argumento especioso, y tuvo así la oportunidad que había esperado.

»Aquella noche regresó de Coombe Tracey en carruaje y tuvo tiempo de recoger a su perro, de aplicarle la pintura infernal y de llevar a la bestia hasta el portillo, donde tenía motivos para creer que encontraría esperando al anciano caballero. El perro, azuzado por su amo, saltó el postigo y persiguió al infortunado sir Charles, que huyó gritando por el paseo de los tejos. Debió de ser un espectáculo espantoso, en verdad, en aquel túnel tenebroso, aquella enorme criatura oscura, de fauces llameantes y ojos como brasas, saltando tras su víctima. Sir Charles cayó muerto al final del paseo, de terror y de un ataque al corazón. El perro había corrido por la franja de césped mientras sir Charles corría por el sendero, de modo que no se veían más huellas que las del hombre. Al verlo tendido, la criatura se acercó probablemente a olerlo, pero al encontrarlo muerto se retiró. Fue entonces cuando dejó la huella que el doctor Mortimer llegó a observar. Stapleton llamó al perro y se lo llevó aprisa a su guarida de la ciénaga de Grimpen, y quedó un misterio que confundió a las autoridades, alarmó a la comarca y llevó por fin el caso bajo nuestra observación.

»Esto es lo que respecta a la muerte de sir Charles Baskerville. Advertirá usted la astucia diabólica con que se produjo, pues en realidad sería casi imposible probar nada contra el verdadero asesino. Su único cómplice no lo podía delatar, y el medio resultaba todavía más eficaz por su propio carácter grotesco e inconcebible. Las dos mujeres complicadas en el caso, la señora Stapleton y la señora Laura Lyons, quedaron cargadas de sospechas contra Stapleton. La señora Stapleton sabía que éste tramaba algo contra el viejo, y conocía también la existencia del perro. La señora Lyons no sabía ninguna de las dos cosas, pero le impresionó que la muerte hubiera tenido lugar coincidiendo con una cita que no se había cancelado y que sólo él conocía. Sin embargo, ambas estaban sometidas a la influencia de Stapleton, quien no tenía nada que temer de ellas. Así concluía con éxito la primera mitad de su tarea, pero le quedaba la más difícil.

»Es posible que Stapleton no conociera la existencia de un heredero en Canadá. En cualquier caso, no tardaría en conocerla por medio de su amigo, el doctor Mortimer, y este último le comunicó todos los detalles acerca de la llegada de Henry Baskerville. La primera idea de Stapleton fue que quizá pudiera acabar en Londres con aquel joven desconocido que venía de Canadá sin que llegara siquiera a Devon. Desconfiaba de su esposa desde que ésta se había negado a ayudarle a tender una trampa al viejo, y no se atrevía a perderla de vista mucho tiempo por miedo a perder su influencia sobre ella. Por este motivo se la llevó consigo a Londres. Se alojaron en el Hotel Residencia Mexborough, en Craven Street, que fue, de hecho, uno de los que visitó mi agente en busca de indicios. Allí tuvo a su esposa encerrada en su habitación mientras él, disfrazado con una barba postiza, seguía

al doctor Mortimer hasta la estación y de ahí al Hotel Northumberland. Su esposa tenía alguna noción de sus planes, pero le tenía tal miedo a su marido (un miedo que era fruto de los malos tratos brutales) que no se atrevía a escribir para prevenir al hombre que ella sabía que corría peligro. Si la carta caía en manos de Stapleton, ella misma se podía jugar la vida. Por fin, como sabemos, recortó las palabras que conformaban el mensaje y escribió la carta disimulando la letra. Llegó a manos del baronet, y le dio el primer aviso del peligro que corría.

»Era fundamental para Stapleton hacerse con alguna prenda de sir Henry para, en caso de que tuviera que recurrir al perro, poder poner a éste sobre la pista. Emprendió esta tarea con su energía y audacia habituales, y no nos puede caber duda de que sobornó bien al botones o a la doncella del hotel para que le ayudaran a conseguirlo. Sin embargo, dio la casualidad de que la primera bota que le entregaron estaba sin estrenar y, por lo tanto, era inútil para sus fines. La hizo devolver, por lo tanto, y se apoderó de otra: un incidente muy instructivo, ya que me demostró de manera concluyente que teníamos que vérnoslas con un perro de verdad, ya que ninguna otra teoría podía explicar aquellos deseos de conseguir una bota usada y aquella indiferencia ante una nueva. Cuanto más estrambótico y grotesco es un incidente, más atención merece su examen, y el detalle mismo que parece complicar un caso resulta ser el que tiene mayores posibilidades de aclararlo si se somete a un estudio y a un tratamiento científico.

»Recibimos al día siguiente la visita de nuestros amigos, seguidos siempre por Stapleton en el coche de punto. En vista de que Stapleton conocía la situación de mi casa y de su conducta general, tiendo a creer que su carrera criminal no se ha limitado ni mucho menos a este único caso de los Baskerville. No deja de ser indicativo que en los tres últimos años se hayan producido cuatro robos importantes en casas del oeste de Inglaterra, sin que se haya detenido al culpable de ninguno de ellos. La última, que tuvo lugar en Folkestone Court en el mes de mayo, destacó por el modo en que se abatió a tiros, a sangre fría, al criado que sorprendió al ladrón enmascarado y solitario. No me cabe duda de que Stapleton complementaba así sus recursos menguantes y que ha sido durante años un hombre desesperado y peligroso.

»Tuvimos un ejemplo de su capacidad de reacción aquella mañana en que se nos escapó con tal éxito, y también de su audacia al enviarme mi propio nombre por medio del cochero. A partir de aquel momento comprendió que yo me había hecho cargo del caso en Londres y que él, por lo tanto, no tenía ninguna posibilidad aquí. Regresó a Dartmoor y esperó allí la llegada de sir Henry.

—¡Un momento! —exclamé—. Ha descrito usted correctamente la secuencia de los hechos, sin duda, pero ha dejado sin explicar un punto. ¿Qué fue del perro mientras su amo estaba en Londres?

—He dedicado cierta atención a este asunto, que tiene importancia, sin duda. No cabe duda de que Stapleton tenía un confidente, aunque es improbable que llegara a ponerse a su merced comunicándole todos sus planes. En la casa Merripit había un criado viejo llamado Anthony. Parece que llevaba varios años al servicio de los Stapleton, desde la época en que tenían la escuela, de modo que debía saber que su amo y su ama eran en realidad marido y mujer. Este hombre ha desaparecido y ha huido del país. Resulta sugerente el hecho de que Anthony no es un nombre de pila corriente en Inglaterra, mientras que Antonio sí lo es en España y en los países hispanoamericanos. Aquel hombre, como la propia señora Stapleton, hablaba bien el inglés, aunque con un curioso acento ceceante. Yo mismo he visto atravesar a este viejo la ciénaga de Grimpen por el camino que había señalado Stapleton. Por lo tanto, es muy probable que fuera él quien cuidara del perro en ausencia de su amo, aunque no supiera nunca para qué fin se usaba a la bestia.

»Los Stapleton volvieron juntos entonces a Devon, donde llegaron al poco tiempo sir Henry y usted. Debo decir ahora una palabra acerca de mi propia situación. Puede que usted recuerde que cuando examiné el papel donde estaban pegadas las palabras impresas, lo observé de cerca en busca de una filigrana. Al hacerlo, me lo acerqué a pocas pulgadas de los ojos y percibí un débil rastro del perfume llamado jazmín blanco. Existen setenta y cinco perfumes que el criminólogo debe ser capaz de distinguir entre sí, y más de una vez alguno de mis propios casos ha dependido de mi capacidad para reconocerlos de inmediato. El perfume indicaba la presencia de una dama, y a partir de entonces empecé a pensar en los Stapleton. Así pues, ya estaba seguro de la existencia del perro y había intuido la identidad del criminal aun antes de que nos desplazásemos a la región del oeste.

»Mi juego consistía vigilar a Stapleton. Sin embargo, era evidente que no podría hacerlo estando con ustedes, ya que a él lo pondría en guardia. Así pues, engañé a todos, incluso a usted, y me vine en secreto cuando todos creían que estaba en Londres. No pasé tantas penalidades como se figura usted, aunque estos detalles insignificantes no deben ser óbice jamás para la investigación de un caso. Me alojé casi siempre en Coombe Tracey, y sólo me servía de la choza del páramo cuando era preciso que estuviera cerca de la escena de los hechos. Cartwright se había venido conmigo, y disfrazado de niño campesino me era de gran ayuda. Me proporcionaba comida y ropa limpia. Mientras yo vigilaba a Stapleton, Cartwright solía vigilarlo a usted, lo que me permitía controlar todos los hilos.

»Ya le dije a usted que sus informes me llegaban rápidamente, pues volvían a enviármelos a Coombe Tracey en cuanto llegaban a Baker Street. Me fueron muy útiles, y sobre todo aquel rasgo, casualmente auténtico, de la biografía de Stapleton. Pude establecer así la identidad del hombre y de la mujer y conocí por fin con exactitud mi situación. El caso se había complicado notablemente por el incidente del presidiario fugado y las relaciones de éste con los Barrymore. Esto lo resolvió usted también con gran eficacia, aunque yo había llegado ya a las mismas conclusiones por mis propias observaciones.

»Cuando me descubrió usted en el páramo, ya tenía en mi poder todos los datos del asunto, aunque no tenía pruebas que se pudieran presentar ante un jurado. Ni siquiera el atentado de Stapleton contra sir Henry aquella noche, que terminó con la muerte del desventurado presidiario, nos servía de gran cosa para demostrar que nuestro hombre era culpable de un asesinato. Al parecer, no había más posibilidad que atraparlo con las manos en la masa, y para ello teníamos que servirnos de sir Henry, solo y sin protección aparente, a modo de cebo. Eso hicimos, y a costa de hacer sufrir un gran susto a nuestro cliente conseguimos cerrar el caso y llevar a Stapleton a su propia destrucción. Reconozco que podría achacárseme en mi modo de llevar el caso que sir Henry tuviera que pasar por esto, pero no teníamos medio de prever el espectáculo terrible y paralizador que presentaba la bestia, ni tampoco pudimos

anticipar que habría aquella niebla que le permitió caer sobre nosotros tan de improviso. Conseguimos nuestro objetivo a costa de unas consecuencias que, según me aseguran tanto el especialista como el doctor Mortimer, serán pasajeras. Un largo viaje podrá servir para que a nuestro amigo se le curen no sólo los nervios destrozados sino el corazón herido. Albergaba un amor profundo y sincero hacia la señora, y lo más triste para él de este negro asunto fue que ésta lo engañara.

»Sólo nos falta indicar el papel que desempeñó ella en todo el asunto. No cabe duda de que Stapleton ejercía sobre ella una influencia que podía ser amor, o podía ser miedo, o era posiblemente ambas cosas, ya que estas dos emociones no son incompatibles ni mucho menos. En cualquier caso, era absolutamente eficaz. Se brindó a hacerse pasar por hermana de él siguiendo sus órdenes, aunque él descubrió el límite de su poder cuando quiso hacerla instrumento directo de un asesinato. Ella estaba dispuesta a poner sobre aviso a sir Henry en la medida que le era posible sin complicar a su marido, e intentó hacerlo una y otra vez. Parece que el propio Stapleton era susceptible de sentir celos, y cuando vio que sir Henry cortejaba a la dama, y a pesar de que ello formaba parte de sus planes, no pudo menos de intervenir con un arrebato apasionado que desveló el alma ardiente que quedaba tan bien oculta por su dominio de sí mismo. Al fomentar aquel trato, se aseguraba de que sir Henry haría visitas frecuentes a la casa Merripit y de tener así, tarde o temprano, la oportunidad que deseaba. Sin embargo, en el día crucial su esposa se volvió de pronto en su contra. Sabía algo de la muerte del presidiario, y sabía que el perro estaba escondido en la caseta la noche en que venía a cenar sir Henry. Acusó a su marido del crimen que pensaba cometer, y se produjo una escena furiosa en la que él le desveló por primera vez que había otra mujer. Su fidelidad se convirtió al instante en odio enconado, y Stapleton comprendió que ella lo traicionaría. Por eso la ató, para que no pudiera poner sobre aviso a sir Henry, esperando, sin duda, que cuando toda la comarca le achacara la muerte del baronet a la maldición de su familia, como sucedería con toda seguridad, él podría volver a ganarse a su esposa forzándola a aceptar un hecho consumado y a callar lo que sabía. Me figuro que en esto cometía, en todo caso, un error de cálculo y que, aunque no hubiésemos intervenido nosotros, su suerte habría estado echada. Una mujer de sangre latina no perdona tan a la ligera tal ofensa. Y ahora, mi querido Watson, ya no puedo ofrecerle más detalles sobre este caso tan curioso sin consultar mis anotaciones. Que yo sepa, no queda ninguna cuestión esencial sin explicar.

—No podía esperar matar a sir Henry de un susto con su falso sabueso infernal, tal como había hecho con el tío anciano.

—La bestia era salvaje y estaba medio muerta de hambre. Si su apariencia no bastaba para matar de miedo a su víctima, al menos serviría para paralizar cualquier resistencia que pudiera presentar.

—Sin duda. Sólo queda una dificultad. Si Stapleton heredaba la fortuna, ¿cómo podría explicar que él, el heredero, hubiera vivido de incógnito, con nombre falso, tan cerca de las posesiones? ¿Cómo podría reclamarlas sin suscitar sospechas y pesquisas?

—La dificultad es notable, y me temo que me esté pidiendo usted demasiado si espera que la resuelva. Mis investigaciones se ciñen al pasado y al presente, pero es difícil responder de lo que pueda hacer un hombre en el futuro. La señora Stapleton había oído a su marido debatir el problema en varias ocasiones. Había tres recursos posibles. Podía reclamar la propiedad desde Sudamérica, establecer su identidad ante las autoridades británicas allí presentes y hacerse así con la fortuna sin venir siquiera a Inglaterra; o bien podía adoptar un disfraz complicado durante la breve estancia que tuviera que pasar en Londres; o, en último extremo, podía proporcionar las pruebas y los documentos a un cómplice suyo al que haría representar el papel de heredero, conservando para sí una parte de los bienes. Lo que sabemos de él no nos puede dejar duda de que habría encontrado algún modo de resolver la dificultad. Y ahora, mi querido Watson, hemos pasado varias semanas de duro trabajo y creo que podemos dedicar una velada a actividades más agradables. Tengo un palco para *Los hugonotes*. ¿Ha oído usted cantar a los de Reszke? En tal caso, le pediré que esté preparado dentro de media hora, y quizá podamos pasarnos por Marcini para cenar algo.